C. G. Jung zur Einführung

Micha Brumlik

C. G. Jung zur Einführung

JUNIUS

Junius Verlag GmbH
Stresemannstraße 375
2000 Hamburg 50

Einbandgestaltung: Johannes Hartmann, Hamburg
Titelfoto: Bildarchiv Preußischer Kulturbesitz, Berlin
Satz: Satz + Repro, Hamburg
Druck: SOAK GmbH, Hannover
Printed in Germany 1993
ISBN 3-88506-885-0
1. Auflage April 1993

Die Deutsche Bibliothek – CIP-Einheitsaufnahme
Brumlik, Micha:
C. G. Jung zur Einführung / Micha Brumlik. –
1. Aufl. – Hamburg : Junius, 1993
(Zur Einführung ; 85)
ISBN 3-88506-885-0

NE: GT

Inhalt

I. Einleitung

Gestalt und Werk Carl Gustav Jungs stehen seit mehr als zehn Jahren wieder im Brennpunkt des öffentlichen Interesses. In Deutschland berufen sich populäre Autoren wie Franz Alt und Eugen Drewermann auf C.G. Jung, während sein Werk in den USA seit langem den theoretischen Unterbau der New-Age-Bewegung ausmacht. Diesen erstaunlichen Erfolg hätte in den späten sechziger Jahren, als in Deutschland das Werk Sigmund Freuds im Zentrum einer Kulturrevolution stand, niemand vorauszusagen gewagt. Im Gegenteil: Jung, von dem das Gerücht umging, ein Antisemit gewesen zu sein, Freud verraten und mit dem Nationalsozialismus sympathisiert zu haben, erschien als ein konservativer Ideologe unter anderen – wie Martin Heidegger, Carl Schmitt oder Ernst Jünger. Mit dem Erlahmen des kulturrevolutionären Impulses, einer wachsenden Wissenschaftskritik und dem Entstehen eines »Selbstverwirklichungsmilieus« (Gerhard Schulze) als gesellschaftlicher Großgruppe in der Nachfolge von Klasse und Schicht, wuchs das Interesse an Theorien, die den Ausnahmezustand psychotherapeutischer Behandlung zu einer Lebensform erhoben. Das Werk Sigmund Freuds, das, all seinem inhaltlichen Konservativismus zum Trotz, einen revolutionären Kern birgt, konnte nach dem Ende der Studentenbewegung diese Aufgabe nicht übernehmen. Wo dies trotzdem versucht wurde, mußte es – wie in den Filmen Woody Allens – in Ironie enden. Der breite Strom der sogenannten humanistischen Psychologie, die mit ihren Encountergruppen, Beziehungsspielen, Wünschen nach persönlichem Wachstum und ekstatischen Erfahrungen diese Rolle übernehmen wollte, blieb aber drei gewichtigen Nachfragen des Zeitgeistes gegenüber gleichgültig.

Die immer neuen Beziehungsschleifen konnten den Hunger nach Geschichten und Bildern, wie er sich etwa im Erfolg von Tolkiens *Herr der Ringe* oder von Michael Endes *Momo* niederschlug, nicht stillen.

Darüber hinaus vermochte alles Gerede von »Verständigung«, »Annahme«, »Vertrauen« und »Liebe«, das z. B. in den Konzepten der Gesprächspsychotherapie Carl Rogers erzeugt wurde, die damit in Gang gesetzte Suche nach überbordendem Sinn nicht zu befriedigen. Am Ende standen doch nur die eigene Familiengeschichte oder die Konflikte mit den Arbeitskollegen. Schließlich vermochte die humanistische Psychologie ihre Herkunft aus der akademischen Experimentalpsychologie nicht zu verleugnen und beharrte sorgfältig auf ihren Disziplingrenzen. Zu ökologischer Krise, einem neuen Blick auf die Naturwissenschaften, zu religiöser Erfüllung konnte und wollte sie nichts sagen. Als am Ende dieser Entwicklung schließlich eine »Transpersonale Psychologie« entstand, die Religion, Naturwissenschaften und individuelle Selbstverwirklichung zu integrieren versprach, artikulierte sie nur das, was Freuds Schüler und späterer Feind, Carl Gustav Jung schon fünfzig Jahre zuvor entworfen, ausgearbeitet und gelebt hatte. Dabei war Jungs Theorie des Unbewußten zunächst alles andere als der Ausdruck einer Revolte gegen Freud und sein Werk. Dies mochte aus dem internen Blickwinkel der Freudschen Schule so erscheinen – in Wirklichkeit verhielt es sich umgekehrt. Carl Gustav Jung war der konservative Erneuerer einer großen Tradition. In seinem

Werk kam die abendländische und vor allem romantische Tradition des Unbewußten zu Abschluß und Vollendung. Demgegenüber verbanden sich in Sigmund Freuds Werk der umwälzende Geist der modernen Naturwissenschaften mit der schonungslosen Aufrichtigkeit einer von allem metaphysischen Trost verlassenen Individualität. So erscheint Jung, der Rebell gegen Freud, in Wahrheit als Vertreter einer wissenschaftlichen Restauration, während das konservativ wirkende Schuloberhaupt Freud wie ein um die Wahrung seiner Fortschritte ringender Revolutionär wirkt. Es ist nicht allein Jungs zeitweiliges Sympathisieren mit dem Nationalsozialismus, sondern vor allem auch diese doppelte Verschränkung, die die Debatte zwischen Freudianern und Jungianern erschwert.

Diese Darstellung läßt sich von dem folgenden Grundgedanken leiten: Unabhängig von Jungs persönlichen, politischen und menschlichen Fehltritten ist das Programm einer romantischen Theorie des Unbewußten darzustellen und in seiner wissenschaftlichen Tragfähigkeit zu überprüfen. Da aber eine romantische Theorie des Unbewußten mit gutem Grund die einzelne schöpferische Individualität in ihren Mittelpunkt stellt, ist *diese* Theorie des Unbewußten in ihrer Geltung an das Leben ihres Autors gebunden.

Im *ersten* Kapitel geht es – in historischer Perspektive – um die Entfaltung dessen, was sich als romantische Theorie des Unbewußten bezeichnen läßt, seine Wurzeln in der spätantiken wie mittelalterlichen Mystik hat und in der deutschen Romantik des 19. Jahrhunderts artikuliert wurde.

Im *zweiten* Kapitel werden Grundzüge einer Biographie C.G. Jungs unter dem Gesichtspunkt vorgestellt, wie sich seine Theorie durch sein Leben entfaltet hat. Dabei werden seine Beziehung zu Freud, sein Antisemitismus und sein Verhältnis zum Nationalsozialismus nicht aus Gründen der Sensationshascherei im Mittelpunkt stehen, sondern weil sich daraus Aufschlüsse über besondere Probleme der romantischen Theorie des Unbewußten ergeben.

Im *dritten* Kapitel werden dann systematisch die zentralen Begriffe dieser Theorie wie Archetypus, Anima und Synchronizität in ihrem Zusammenhang und an einem Beispiel aktueller Populärkultur dargestellt.

Das *vierte* Kapitel setzt sich mit der Frage auseinander, ob aus der erläuterten Theorie des Unbewußten eine spezifische Form therapeutischer Technik entspringt, bzw. welche im engeren Sinne klinischen Konsequenzen Jungs Theorie zieht. Darüber hinaus ist Jungs Werk zum Katalysator für breit angelegte kulturwissenschaftliche Forschungen geworden. Ihre Grenzen und Möglichkeiten werden kurz skizziert. Die kritische und wissenschaftliche Auseinandersetzung mit einem so eminenten Werk wird aber schließlich die wissenssoziologische und wissenschaftshistorische Frage nach seiner Entstehung und seinem ideologischen Gehalt einklammern und endlich fragen müssen, worin der wissenschaftliche Wahrheitsanspruch einer solchen Theorie besteht.

Das *fünfte* wissenschaftlich und wissenschaftstheoretisch orientierte Kapitel unternimmt schließlich den Versuch zu zeigen, daß C.G. Jungs Werk – mutatis mutandis – eine fruchtbare und noch nicht entsprechend entwickelte und ausgeschöpfte Theorie der universellen biologischen Grundlagen der Kultur enthält und somit eine Brücke zwischen so unterschiedlichen Ansätzen wie Soziobiologie, strukturaler Anthropologie und kulturwissenschaftlicher Hermeneutik bauen könnte.

II. Die romantische Theorie des Unbewußten

»Schopenhauers düsteres Gemälde der Welt fand meinen ungeteilten Beifall, nicht aber seine Problemlösung. Es war mir sicher, daß er mit seinem ›Willen‹ eigentlich Gott, den Schöpfer, meinte und diesen als ›blind‹ bezeichnete. Da ich aus Erfahrung wußte, daß Gott durch keine Blasphemie gekränkt wurde, sondern sie im Gegenteil sogar fordern konnte, um nicht nur die helle und positive Seite des Menschen, sondern auch dessen Dunkelheit und Widergöttlichkeit zu haben, so verursachte mir Schopenhauers Auffassung keine Beschwerden. Ich hielt sie für ein durch die Tatsachen gerechtfertigtes Urteil. Umso mehr aber enttäuschte mich sein Gedanke, daß der Intellekt dem blinden Willen nur dessen Bild entgegenhalten müsse, um diesen zur Umkehr zu veranlassen. Wie konnte der Wille überhaupt dies Bild sehen, da er ja blind war? Und warum sollte er, auch wenn er es sehen könnte, dadurch bewogen werden, umzukehren, da das Bild ihm gerade das zeigen würde, was er ja wollte? Und was war der Intellekt? Er ist Funktion der menschlichen Seele, kein Spiegel, sondern ein infinitesimales Spiegelchen, das ein Kind der Sonne entgegenhält und erwartet, daß sie davon geblendet würde.«[1]

So berichtet Jung im Jahre 1958 – er war damals dreiundachtzig Jahre alt – über Leseerlebnisse, die ihn im Alter von sechzehn Jahren geprägt hatten. Der Gymnasiast studierte Kant, die Schriften des romantischen deutschen Arztes C.G.

Carus (1789-1869), das Werk Nietzsches, die *Philosophie des Unbewußten* von Eduard von Hartmann (1842- 1906) und – last not least – das Werk des Baseler Kulturphilosophen Jacob Burckhardt (1818-1897). In der gebildeten Welt Basels prägten die Debatten um das Werk des dort lehrenden Nietzsche und die Ansichten des Baseler Patriziers und Mutterrechtstheoretikers J.J. Bachofen (1815-1887) das intellektuelle Klima der Jahrhundertwende. Das Denken jener Jahre war von der Auseinandersetzung zwischen dem Fortschrittsglauben des Positivismus und der Skepsis des Historismus geprägt, dessen Aufwertung vergangener historischer Epochen gegenüber der Gegenwart die Verlusterfahrungen der Moderne zum Ausdruck brachte. In die Skepsis gegenüber dem Fortschritt mengten sich Zweifel an den wissentlichen und willentlichen Anstrengungen des menschlichen Geistes. Die Grenzen und Möglichkeiten des menschlichen Erkenntnisvermögens waren schon das Thema der Aufklärungsphilosophie, namentlich Kants gewesen. Im Werk aller Autoren, auf die sich Jung als frühe Leseerfahrungen stützt, von Kant (1724-1804) bis Schopenhauer (1788-1860), steht immer die Frage nach den Möglichkeiten und Grenzen des modernen Subjekts im Zentrum.

Nachdem sich im Werk Descartes mit der oft mißverstandenen Formulierung »Cogito ergo sum« der Gedanke der modernen Subjektivität als Zentrum allen Seins im Denken und Handeln zu Wort gemeldet hatte, galt das Interesse der neueren Philosophie der Erläuterung dieses Gedankens.

Wenn Kant in der *Kritik der reinen Vernunft* erst ein Ich denkt, »das alle meine Gedanken muß begleiten können«, um dann zu beweisen, daß die Menschen weder Gott noch die menschliche Freiheit oder gar die Unsterblichkeit der

Seele erkennen können, stellt er das erkennende Ich in den Mittelpunkt und weist ihm zugleich seine Grenzen.

Die von Kant als unaufgebbar postulierte, aber nicht beweisbare moralische Freiheit des menschlichen Handelns blieb auch die Antriebsfeder des Werks von Kants Schüler Fichte (1762-1814), der über Kant hinaus die Freiheit und Einsichtsfähigkeit des menschlichen Subjekts glaubte beweisen zu können. Der Preis dieses Aufweises bestand in der ungewollten, aber unvermeidbaren Gleichsetzung der als absolut konstruierten menschlichen Freiheit mit einem alle Freiheit konstituierenden Absoluten, dem Denken, dem damit göttliche Qualitäten zuwuchsen. In Fichtes rationalistischer Theorie der absoluten Freiheit fällt das endliche Denken der Menschen mit der unendlichen Subjektivität Gottes zusammen. Diese Denkfigur der Einheit von Endlichem und Unendlichem, von Menschlichem und Göttlichem, von Notwendigem und Zufälligem stellt den systematischen Kern aller romantischen Theorien der Subjektivität dar.

Wenn es G.W.F. Hegel (1770-1831) in seiner *Phänomenologie des Geistes* darum geht, die Subjektwerdung der göttlichen Substanz in einem als vernünftig gedeuteten Weltlauf nachzuzeichnen, überträgt er diesen Gedanken aus dem Bereich der Moral auf die zu Beginn des 19. Jahrhunderts entstehende Geschichtswissenschaft.

Wenn schließlich Hegels und Fichtes Zeitgenosse Schelling (1775-1854) in seiner »Identitätsphilosophie« die Einheit der erkennenden und der erkannten Natur postuliert und beide als absolut, d. h. als göttlich setzt, spielt er mit der Übertragbarkeit der romantischen Grundidee auf die sich damals konsolidierende moderne Naturwissenschaft. Indem Schelling das Wesen der menschlichen Freiheit und somit die Möglichkeit, Böses zu tun, damit erklärt, daß er ihrem göttlichen

Widerpart, der Natur, einen dunklen Grund, eine Nichttransparenz einschreibt, hat er die romantische Theorie der Subjektivität komplettiert.

Die Idee der Identität von Subjekt und Objekt, von Absolutem und Zufälligem, von Endlichem und Unendlichem, die Fichte als eine Lehre von der einsichtigen absoluten Freiheit des moralischen Subjekts postuliert hatte, findet ihre Ergänzung und Erfüllung in Schellings Theorie der Einheit von denkender Subjektivität und Natur, in der die Subjektivität ihrer Göttlichkeit, aber auch ihrer Undurchsichtigkeit gewahr wird.

»Der Mensch bekommt die Bedingung nie in seine Gewalt, ob er gleich im Bösen darnach strebt; sie ist ihm nur eine geliehene, von ihm unabhängige; daher sich seine Persönlichkeit und Selbstheit nie zum vollkommenen Actus erheben kann. Dies ist die allem endlichen Leben anklebende Traurigkeit, und wenn auch in Gott eine wenigstens beziehungsweise unabhängige Bedingung ist, so ist in ihm selber ein Quell der Traurigkeit, die aber nie zur Wirklichkeit kommt, sondern nur zur ewigen Freude der Überwindung dient. Daher der Schleier der Schwermut, der über die ganze Natur ausgebreitet ist, die tiefe unzerstörliche Melancholie alles Lebens.«[2]

Diese im Jahr 1809 gefaßte Einsicht nimmt in vielem das vorweg, was Arthur Schopenhauer, auf dessen Werk sich Jung stützte, fünf Jahre später in *Die Welt als Wille und Vorstellung* artikulierte, und was frühestens dreißig Jahre später, nach dem Scheitern der bürgerlichen Revolution in Deutschland, zur Kenntnis genommen wurde. Freilich hat Schopenhauer den dunklen Grund der Natur, die Voraussetzung und Grenze aller Erkenntnis, den »Willen zum Leben«, als radikaler Aufklärer aller göttlichen Eigenschaften entkleidet. Schopenhauer sieht in diesem »Willen zum Leben« ein metaphysisches Ärgernis, das auf der Basis eines sich selbst überwindenden Erkenntnisvermögens, das ursprünglich nur Instrument dieses Willens ist, bewältigt werden muß.

Schopenhauer und sein Werk stehen am Beginn der modernen Tiefenpsychologie. An der Debatte um sein Werk sollten sich später die lange Zeit zusammenlaufenden Wege einer romantischen und einer aufklärerischen Tiefenpsychologie trennen. Was bei Schopenhauer noch ungeschieden oder ambivalent zusammenzuklingen scheint, wird bei seinen Schülern und Nachfolgern Freud und Jung systematisch auseinandertreten und in einem lebensgeschichtlichen Drama enden.

In der im Jahr 1917 erschienenen Schrift *Eine Schwierigkeit der Psychoanalyse* stellt Freud seine Theorie der Psychoanalyse als die nach Kopernikus und Darwin dritte große Kränkung der menschlichen Eigenliebe dar, käme doch diese Theorie der Behauptung gleich, »daß das Ich nicht Herr ist in seinem Haus«. Er fährt fort:

»Die wenigsten Menschen dürften sich klar gemacht haben, einen wie folgenschweren Schritt die Annahme unbewußter seelischer Vorgänge für Wissenschaft und Leben bedeuten würde. Beeilen wir uns aber hinzuzufügen, daß nicht die Psychoanalyse diesen Schritt zuerst gemacht hat. Es sind namhafte Philosophen als Vorgänger anzuführen, vor allen der große Denker Schopenhauer, dessen unbewußter ›Wille‹ den seelischen Trieben der Psychoanalyse gleichzusetzen ist. Derselbe Denker übrigens, der in Worten von unvergeßlichem Nachdruck die Menschen an die immer noch unterschätzte Bedeutung ihres Sexualstrebens gemahnt hat. Die Psychoanalyse hat nur das eine voraus, daß sie die beiden dem Narzißmus so peinlichen Sätze von der psychischen Bedeutung der Sexualität und von der Unbewußtheit des Seelenlebens nicht abstrakt behauptet, sondern an einem Material erweist, welches jeden einzelnen persönlich angeht und seine Stellungnahme zu diesen Problemen erzwingt. Aber gerade darum lenkt sie die Abneigung und die Widerstände auf sich, welche den großen Namen des Philosophen noch scheu vermeiden.«[3]

Psychoanalyse ist – wenn man so will – eine empirische Überprüfung der spekulativen Theorie des unbewußten Willens und seiner Artikulation in der Sexualität. Woran Jung nach seiner eigenen Aussage schon früh zweifelte, war Schopenhauers Antwort auf das Problem der Überwindbarkeit des an sich blinden Willens durch einen Intellekt, der doch nur Diener dieses Willens war. Tatsächlich hängt das Projekt einer Psychoanalyse als Aufklärung an der Lösung dieses Problems. An den möglichen Antworten auf dieses Problem läßt sich auch die Differenz zwischen aufklärerischen und romantischen Theorien des Unbewußten, und damit die Differenz von Freud und Jung verdeutlichen. Schon Schopenhauer muß, um überhaupt die Möglichkeit seiner eigenen Philosophie und der ihr entsprechenden Ethik der Überwindung des Willens durch Askese plausibel halten zu können, eine relative Autonomie der Erkenntnis gegenüber dem Willen behaupten. Diese relative Autonomie wird Schopenhauers aufklärerischer Schüler Freud durch eine psychologische Theorie primärer und sekundärer Bewußtseins- und Unbewußtseinsprozesse, durch eine Theorie der Sprache als symbolischen Probehandelns und eine Entwicklungspsychologie des Ich als subjektnaher Instanz zwischen gesellschaftlichen Normen und Triebbasis entfalten. Jung hingegen wird in der Tradition der romantischen Theorien des Unbewußten die Prozessualität eines in sich ungeschiedenen, allmählich zu sich kommenden Subjekts in den Mittelpunkt stellen.

Wo bei Freud die in der menschlichen Kultur institutionalisierte Einsichts- und Erkennntnisfähigkeit gleichsam von außen gegen die eigenen Vezerrungen und die ihnen zugrundeliegenden Triebkonstellationen gerichtet wird, folgen die romantischen Theorien des Unbewußten dem Entfaltungsprozeß eines sich selbst innewerdenden Subjekts. Dieser Prozeß folgt einer vorgezeichneten, sinnhaften Bahn zu immer mehr Bewußtheit und Individualität. Die teleologische Konzeption der romantischen Theorien und die kausalistische Auffassung der aufklärerischen Theorien resultiert in einer Reihe unterschiedlicher Sichtweisen.

— Wo in den aufklärerischen Theorien der Tiefenpsychologie zwischen Bewußtem und Unbewußtem eine scharfe Zäsur herrscht, sehen die romantischen Theorien allmähliche Übergänge.

— Wo in den aufklärerischen Theorien eine Subjektivität, die ihren Namen verdient, auf einer bewußten, so weit wie — ohnehin nur — möglich getriebenen Selbsttransparenz beruht, bauen die romantischen Theorien auf eine leiblich-seelisch-geistige Einheit, deren Komponenten zwar temporär auseinandertreten können, aber im Prinzip von *einem* Entwicklungsgesetz gesteuert werden.

— Wo schließlich die aufklärerischen Theorien im Unbewußten vor allem eine Gefährdung und autonomieeinschränkende Macht sehen, wähnen die romantischen Theorien in ihm jenen Motivationshintergrund, der bewußtes Handeln ermöglicht und anleitet.

— Endlich sehen die romantischen Theorien im Unbewußten ein bereicherndes Ausdruckspotential, während die aufklärerischen Theorien seine Äußerungen eher als verdorbenen Text untersuchen (auch sie kennen jedoch z. B. eine »Regression im Dienste des Ich«).

Diese gegensätzlichen Perspektiven sind eine Konsequenz aus Kants Philosophie, die mit ihrer Zwei-Welten-Lehre streng zwischen den von der Vernunft geforderten »Dingen an sich selbst« und den allein wissenschaftlicher Erkenntnis zugänglichen »Erscheinungen« unterschied. In wissenschaftlicher Hinsicht unterscheidet sich die menschliche Seele und ihre Funktion in nichts von Gegenständen der Naturwissenschaft – sie ist in Raum und Zeit gegeben und unterliegt auch in ihren Veränderungen dem Kausalgesetz. Demgegenüber entzieht sich das Vermögen moralischer Einsicht und freien Handelns als notwendige Voraussetzung der unbezweifelbar gegebenen Moral jeder wissenschaftlichen Einordnung und erweist sich damit ebenfalls als ein »Ding an sich selbst«. Schopenhauer, seinem Selbstverständnis nach ein treuer Kantianer, interpretierte endlich das »Ding an sich« als den blinden Willen zum Leben und sah ihn vor allem in Gestalt der Sexualität erscheinen:

»Was im individuellen Bewußtseyn sich kund giebt als Geschlechtstrieb überhaupt und ohne die Richtung auf ein bestimmtes Individuum des andern Geschlechts, das ist an sich selbst und außer der Erscheinung der Wille zum Leben schlechthin. Was aber im Bewußtseyn erscheint als auf ein bestimmtes Individuum gerichteter Geschlechtstrieb, das ist an sich selbst der Wille, als ein genau bestimmtes Individuum zu leben. In diesem Falle nun weiß der Geschlechtstrieb, obwohl an sich ein subjektives Bedürfniß, sehr geschickt die Maske einer objektiven Bewunderung anzunehmen und so das Bewußtseyn zu täuschen: denn die Natur bedarf dieses Stratagems zu ihren Zwekken.«[4]

Auch diese Perspektive postuliert ein sich zweckhaft verhaltendes absolutes Subjekt, nämlich den Willen zum Leben. Kantianisch bleibt sie deswegen, weil sie alle Verhaltensweisen der menschlichen Individuen als durch die Zwecksetzungen dieses absoluten Subjekts bewirkt sieht. Sowohl die zwischenmenschliche Liebe als auch das Interesse der einzelnen Menschen, unverwechselbare Individuen zu sein, sind gleichsam maskierte Auswirkungen, Epiphänomene des Willens zum Leben. Im Unterschied dazu sehen die romantischen Theorien des Unbewußten die Individualität nicht als ein Epiphänomen, sondern als die höchste Entfaltung des zugrundeliegenden Subjekts an.

Diese Sichtweise verändert aber auch die systematischen Voraussetzungen: Was sich endlich zur Gestalt der Individualität, der zu sich gekommenen Individuen zu entfalten vermag, kann nicht nur blinder Wille gewesen sein, sondern muß von Anfang an individuelle, subjektive Eigenschaften besessen haben. Eine romantische Theorie des Unbewußten muß das dem individuellen Sein zugrundeliegende absolute Subjekt als göttlich ansehen. Schelling hat das schon 1809 in aller Deutlichkeit postuliert:

»Die Folge der Dinge aus Gott ist eine Selbstoffenbarung Gottes. Gott aber kann nur sich offenbar werden in dem, was ihm ähnlich ist, in freien, aus sich selbst handelnden Wesen; für deren Sein es keinen Grund gibt als Gott, die aber sind, sowie Gott ist. Er spricht, und sie sind da. Wären alle Weltwesen auch nur Gedanken des göttlichen Gemütes, so müßten sie schon eben darum lebendig sein. So werden die Gedanken wohl von der Seele erzeugt; aber der erzeugte Gedanke ist eine unabhängige Macht, für sich fortwirkend, ja in der menschlichen Seele, so anwachsend, daß er seine eigne Mutter bezwingt und sich unterwirft.«[5]

Bei Schelling ist damit die Kritik vorweggenommen, die Jung an Schopenhauers Konzeption der Selbstüberwindung des menschlichen Willens übte. Individualität und Subjektivität erweisen sich so nicht als Epiphänomene, sondern als grundlegende Eigenschaften des göttlichen Subjekts, die überhaupt erst verständlich machen, warum die einzelnen Menschen sich selbst als frei verstehen können und damit auch der Selbstverfehlung, der Sünde fähig werden.

Für eine wissenschaftliche Tiefenpsychologie, die im Zeitalter der positivistischen Naturwissenschaften im Rahmen der Psychiatrie anzutreten hatte, gaben Schelling und Schopenhauer unterschiedliche Richtungen vor. Es mußten in jedem Fall für die jeweils zugrundeliegenden metaphysischen Annahmen empirische Korrelate gefunden werden: Für das, was hier »Wille zum Leben« und dort »Gott« hieß, mußten beobachtbare Entsprechungen im menschlichen Verhalten aufgewiesen werden. Schopenhauer selbst hatte in seiner teilweisen Gleichsetzung von »Wille zum Leben« mit »Sexualität« dieser Verwissenschaftlichung vorgearbeitet, während die romantische Tradition vor dem Problem stand, ein entsprechendes humanwissenschaftliches Korrelat für »Gott« zu finden.

Der Weg zur Konstruktion dieses Korrelats führt zurück zur romantischen Grundüberzeugung der Einheit von Geist und Natur und der Frage nach ihrem Verhältnis. Als verbindende Disziplin zwischen romantischer Naturwissenschaft und Philosophie wurde damals die Ästhetik angesehen, weil die Kunst mit ihren Ausdrucksformen und Symbolen der Sache nach als der Bereich aufgefaßt wurde, in dem Geist und Natur einander trafen. Der Ort jener Vermittlung gehört selbst beiden Bereichen an: das künstlerische Individuum, das Genie, gehört als sterblicher leiblicher Mensch einer Natur, die sich in und durch das Genie in von Menschen verstehbaren Symbolen kundtut. Die stets bemerkte Verwandtschaft von Genie und Wahnsinn, das den Abgründen einer unerlösten Natur nahe Trachten des Genies führte – wie Odo Marquard überzeugend gezeigt hat[6] – zu einer systematischen und disziplinären Nähe von Ästhetik und Therapeutik, von

Kunsttheorie und Medizin. Der romantische Mediziner J.G. Carus konnte so schon 1846 schreiben:

»Unser bewußter Geist kann ein Unbewußtes nicht erzeugen, er erzeugt und gebiert nur Gedanken, die selbst auch wieder nur für ein Bewußtes existieren, das Bewußtlose also wird nur vom Unbewußten erzeugt, und so kann auch die in sich unbewußte Idee der Krankheit nur aus dem Unbewußten unseres Wesens hervorgehen.«[7]

Ästhetik und romantische Medizin einte das gemeinsame Interesse für das unbewußten Streben einer prinzipiell verständlichen Natur und die Möglichkeit ihrer Deutung über Symbole. Diese romantische Grundüberzeugung sollte später auch Freuds Werk prägen, obwohl er in seinen Anfängen strikt materialistisch – neurologisch – vorging. Die Differenz zwischen aufklärerischen und romantischen Modellen der Tiefenpsychologie brach dann an der Frage auf, *worauf* die deutbaren Symbole von Wahn und Krankheit zurückschließen lassen: auf ein von der Gesellschaft unterdrücktes vital sexuelles Substrat oder auf ein ob seiner inneren Widersprüchlichkeit in seiner Entwicklung verhindertes göttliches Bewußtsein? Je nachdem, ob es um die Erforschung des unterdrückten Willens zum Leben (also der Sexualität) oder des in sich verfangenen göttlichen Bewußtseins ging, traten unterschiedliche Symbolformen in das Zentrum der wissenschaftlichen Aufmerksamkeit. Das von der aufklärerischen Variante der Tiefenpsychologie bevorzugte Symbolmodell ist der sprachliche, genauer der schriftliche Text – auch dort, wo es sich wie in Freuds Traumdeutung, zunächst um Bilder handelt –, während sich die romantische Tiefenpsychologie am Bild orientiert. Die Ursache dieser Perspektivendifferenz dürfte einerseits in der von der späten Romantik favorisierten

Offenbarung Gottes in der Natur und ihren Erscheinungen liegen. Andererseits orientierte sich die herrschaftskritische aufklärerische Tiefenpsychologie am Modell der Zensur und modellierte demgemäß den menschlichen Motivationshintergrund als Text, dessen Verzerrungen durch eine unterbrochene Zuordnung von Symbolen zu ihren früheren Bedeutungen hervorgerufen werden. So stehen sich schließlich eine Hermeneutik des Bildes und eine Hermeneutik des Textes gegenüber. Diese Dichotomie ruft die Frage hervor, ob nicht jedes Bild, das ja der therapeutischen Behandlung nur in versprachlichter Form zugänglich ist, seinerseits nur im Rahmen der Hermeneutik von Texten verstanden werden kann. An der Beantwortung der Frage, ob es eine rein bildliche Hermeneutik geben kann oder nicht, wird sich eine weitere Differenz zwischen aufklärerischer und romantischer Tiefenpsychologie auftun.

Bild oder Schrift, Gott oder Sexualität, organismische Entwicklung oder fragmentierte Verursachung – die Themen, die Jung und Freud entzweien sollten, haben ihren Ursprung in unterschiedlichen Reaktionen auf Kants Lehre vom freien menschlichen Bewußtsein als einer unaufgebbaren Notwendigkeit, die aber empirisch nicht zu erweisen ist. In der romantischen Theorie der Subjektivität Fichtes und Schellings und der aufklärerischen Metaphysik Schopenhauers sind die theoretischen Pfade angelegt, denen Jung und Freud später folgen sollten. Während Jung dem romantischen Programm treu blieb, wagte es Freud, im Anschluß an Kant und Schopenhauer, die Idee der Tiefenpsychologie selbst zu verändern und sie als eine Wissenschaft von den Individuen zu entwerfen, anstatt diese – wie es die romantische Tradition tat – als Lehre von der Individualität fortzuspinnen. An dieser Tradition gegen ihre aufklärerische Neuinterpretation durch

Freud festzuhalten und gleichwohl Freuds tiefsten Intuitionen die Treue gehalten zu haben, sah C.G. Jung als sein eigentliches Verdienst an:

»Rückschauend kann ich sagen, daß ich der Einzige bin, der die zwei Probleme, die Freud am meisten interessiert haben, sinngemäß weitergeführt hat: das der ›archaischen Reste‹ und das der Sexualität. Es ist ein weitverbreiteter Irrtum zu meinen, ich sähe den Wert der Sexualität nicht. Im Gegenteil, sie spielt in meiner Psychologie eine große Rolle, nämlich als wesentlicher – wenn nicht einziger – Ausdruck der psychischen Ganzheit. Es war aber mein Hauptanliegen, über ihre persönliche Bedeutung und die einer biologischen Funktion hinaus ihre geistige Seite und ihren numinosen Sinn zu erforschen und zu erklären; also das auszudrücken, woran Freud interessiert war, was er aber nicht fassen konnte.«[8]

Jung bleibt dem romantischen Ansatz seiner Tiefenpsychologie so sehr verhaftet, daß ihre Forschungsgegenstände – die persönliche Ganzheit, ihre biologischen Funktionen, geistigen Seiten und numinosen Aspekte – zugleich die wesentlichen Voraussetzungen seines eigenen Forschens wurden. Als eine Theorie der Individualität ist die analytische Psychologie zugleich immer auch die Theorie *eines*, nämlich des forschenden, Individuums. Mehr als andere Wissenschaften unterliegt sie den persönlichen Voraussetzungen des Beobachters.[9] Mehr noch, die Entwicklung des wissenschaftlichen Denkens läßt sich zugleich als Reifungs- und Entwicklungsprozeß des Forschers denken, während dieser Reifungs- und Entwicklungsprozeß umgekehrt immer Konsequenzen für die Theorieentwicklung hat. Wenn aber die persönlichen Voraussetzungen des Theoretikers in der Tiefenpsychologie eine größere Rolle spielen als in anderen Wissenschaften, dann ist zu erwarten, daß der Lebenslauf des Theoretikers in gewisser Weise die Idee des Werks selbst zum Ausdruck bringt.

III. Das Leben ist das Werk – Fragmente einer Biographie

Diese methodologische Voraussetzung der analytischen Psychologie führt aber nicht zwingend dazu, Werk und Biographie ihres Begründers in der von ihm selbst entwickelten Theorie zu beschreiben. Sie postuliert lediglich, daß tiefenpsychologische Theorien wesentlich von den Erfahrungen zehren, die ein Individuum im Laufe seines Lebens macht und verknüpft damit den Kontext der Geltung einer Theorie mit dem Kontext ihrer Entstehung. Aber auch die Erfahrungen eines Individuums lassen sich aus unterschiedlichen Blickwinkeln und Perspektiven beschreiben – alle Tiefenpsychologie tut zunächst nichts anderes, als für die Erfahrungen, für die Freuden und Leiden eines Lebens eine ungewohnte neue Beschreibung zu suchen, die sich erheblich von alltäglichen Selbstdeutungen abhebt.

Ob Individuen sich und ihre Erfahrungen selbst am besten beschreiben können, ist eine Frage, die gerade die Tiefenpsychologie immer wieder abschlägig beantwortet. Daher ist der verfremdende Blick auf die Biographie eines Individuums aus der Perspektive einer anderen Theorie zunächst zulässig – ob sie schlüssig ist, hängt davon ab, ob sie die wesentlichen Züge eines solchen Lebens annähernd zusammenhängend deuten kann. Die nachfolgende biographische Skizze wählt diesen Weg, indem sie Jungs Leben aus dem Blickwinkel der freudianischen, triebtheoretischen Psychoanalyse beschreibt.

Indem sie sich zudem auf einen Aspekt dieses Lebens und einen bestimmten Zeitraum beschränkt, unterliegt sie einer bewußten und gewollten Verengung der Sichtweise, die zusätzlich dadurch verstärkt wird, daß der Verfasser dieser Zeilen keine eigenen Erfahrungen mit einer jungianischen Therapie gemacht hat. Ob die wissenschaftliche Auseinandersetzung mit tiefenpsychologischen Theorien unterschiedlicher Schulen tatsächlich im strengen Sinn eigene therapeutische Erfahrungen voraussetzt, ist fraglich. Und zwar nicht nur aus dem pragmatischen Grund, weil unter dieser Bedingung eine interdisziplinäre Auseinandersetzung kaum noch möglich wäre, sondern aus einer prinzipiellen wissenschaftstheoretischen Überlegung heraus.

Eine strikt an eigene Erfahrung und Initiation geknüpfte Theorie hätte den Anspruch auf unparteiische Wahrheit, objektive Gültigkeit und allgemeine Überprüfbarkeit aufgegeben und sich damit von vornherein zu einer Form der Weisheit bzw. der reflektierten Lebensführung erklärt. Ob sich tiefenpsychologische Theorien mit diesem beschränkten Status, der ihnen heute von der akademischen Therapieforschung immer wieder zugewiesen wird, zufriedengeben sollten, scheint fragwürdig. Wieweit umgekehrt eine Objektivität beanspruchende Theorie, die wesentlich auf subjektiver Erfahrung beruht, möglich ist, ist bisher kaum beantwortet worden. Wenn aber auch tiefenpsychologische Theorien im Prinzip auf wissenschaftlicher Strenge beruhen, ist es zulässig und sinnvoll, die eine Theorie bzw. deren Begründer in der Perspektive einer anderen Theorie und der ihres Begründers zu brechen. Aus solch kontrastiver Betrachtung können die Stärken und Schwächen der jeweiligen Ansätze stärker in ihren Grenzen und Möglichkeiten hervortreten. Die folgende Skizze fragt, welche lebensgeschichtlichen Erfahrungen zu dem moralischen und politischen Skandal von Jungs zeitweiligem Engagement für den Nationalsozialismus und seinen antisemitischen Ausfällen gegen die freudianische Psychoanalyse geführt haben.

»Gegen die Dummheit kann man bekanntlich nichts tun, aber in diesem Falle können die arischen Leute darauf hinweisen, daß mit Freud und Adler spezifisch jüdische Gesichtspunkte öffentlich gepredigt werden, und zwar wie man ebenfalls nachweisen kann, Gesichtspunkte, welche einen wesentlich zersetzenden Charakter haben. Wenn die Verkündigung dieses jüdischen Evangeliums der Regierung angenehm ist, so ist es halt eben so. Andernfalls ist ja auch die Möglichkeit vorhanden, daß dies der Regierung nicht angenehm wäre [...]«[10]

Diese Passage findet sich in einem Brief, den C.G. Jung im Februar des Jahres 1934 seinem deutschen Schüler W.M. Kranefeldt schrieb und in dem es um die Einflußmöglichkeiten konkurrierender tiefenpsychologischer Schulen bei einer vom NS-Staat getragenen psychotherapeutischen Institution ging. Diese – wenngleich nicht öffentlich geäußerte – Aufforderung zur Denunziation der Psychoanalyse und der sie unter dem Nationalsozialismus vertretenden Kollegen war kein einmaliger Ausrutscher, sondern entsprach einer prinzipiellen Haltung Jungs in jenen Jahren. Mitgerissen von der nationalsozialistischen Machtübernahme, schien Jung damals die Gelegenheit gewittert zu haben, seinen lebensgeschichtlichen Bruch mit Freud und seinen Protest gegen die Sexualtheorie auch politisch durchzusetzen. Im *Zentralblatt für Psychotherapie und ihre Grenzgebiete* publizierte Jung zu Beginn des Jahres 1934 einen Aufsatz, in dem er den nationalsozialistischen Aufbruch hoffnungsvoll rechtfertigte und ihn zugleich vor einer eventuell »zersetzenden« psychoanalytischen Kritik in Schutz nahm:

»Der Jude, als Angehöriger einer etwa dreitausendjährigen Kulturrasse, ist wie der gebildete Chinese in einem weiteren Umkreise psychologisch bewußt als wir [...] Die jüdische Rasse als Ganzes besitzt darum nach meiner Erfahrung ein Unbewußtes, das sich mit dem Arischen nur bedingt vergleichen läßt. Abgesehen von gewissen schöpferischen Individuen ist der Durchschnittsjude schon viel zu bewußt und differenziert, um noch mit den Spannungen einer ungeborenen Zukunft schwanger zu gehen. Das arische Unbewußte hat ein höheres Potential als das jüdische; das ist der Vorteil und Nachteil einer dem Barbarischen noch nicht völlig entfremdeten Jugendlichkeit. Meines Erachtens ist es ein schwerer Fehler der bisherigen medizinischen Psychologie gewesen, daß sie jüdische Kategorien, die nicht einmal für alle Juden verbindlich sind, unbesehen auf den christlichen Germanen und Slawen verwandte. Damit hat sie nämlich das kostbarste Geheimnis des germanischen Menschen, seinen schöpferisch ahnungsvollen Seelengrund als kindlich banalen Sumpf erklärt, während meine warnende Stimme durch Jahrzehnte des Antisemitismus verdächtigt wurde. Die Verdächtigung ist von Freud ausgegangen. Er kannte die germanische Seele nicht, so wenig wie alle seine germanischen Anbeter sie kannten. Hat sie die gewaltige Erscheinung des Nationalsozialismus, auf den eine ganze Welt mit erstaunten Augen blickt, eines Besseren belehrt? Wo war die unerhörte Spannung und Wucht, als es noch keinen Nationalsozialismus gab? Sie lag verborgen in der germanischen Seele, in jenem tiefen Grunde, der alles andere ist als der Kehrichtkübel unerfüllbarer Kinderwünsche und unerledigter Familienressentiments.«[11]

Diese wohl heftigste Äußerung Jungs gegen Freud und die Psychoanalyse steht am Ende eines Jahrzehnte währenden Entfremdungsprozesses, der von tiefen systematischen Mißverständnissen über das gemeinsame Interesse – die Tiefenpsychologie – ebenso geprägt war wie von der äußerst heiklen Beziehung eines älteren zu einem jüngeren Gelehrten. In beiden Aspekten ging es wesentlich um die von Jung in ihrem weitreichenden Geltungsanspruch zurückgewiesene Theorie der Sexualität. Es war die Debatte um das Wesen und die

Bedeutung der Sexualität, die Freud und Jung entzweite, Jung, jedenfalls zeitweise, in das offen antisemitische Lager trieb und der analytischen Psychologie zu ihrer Kontur verhalf.

Jung selbst hat nie bestritten, daß das Problem der Sexualität seine eigene Kindheit und Jugend überschattet und bedrängt hat. Sein eigener erster Traum, mit dem er sich ein Leben lang beschäftigen sollte, sein lebensgeschichtlicher Initialtraum, den er sich für das Alter von drei oder vier Jahren zuschrieb – sein Vater war damals Pfarrer in Laufen – handelte von einem überlebensgroßen Phallus:

»Das Pfarrhaus steht allein beim Schloß Laufen, und hinter dem Hof des Mesmers liegt eine große Wiese. Im Traum stand ich auf dieser Wiese. Dort entdeckte ich plötzlich ein dunkles, rechteckiges, ausgemauertes Loch in der Erde. Ich hatte es noch nie zuvor gesehen. Neugierig trat ich näher und blickte hinunter ... erblickte einen zirka zehn Meter langen rechteckigen Raum im dämmerigen Lichte [...] In der Mitte lief ein roter Teppich vom Eingang bis zu einer niedrigen Estrade. Auf dieser stand ein wunderbar reicher goldener Thronsessel [...] Darauf stand nun etwas. Es war ein riesiges Gebilde, das fast bis an die Decke reichte. Zuerst meinte ich, es sei ein hoher Baumstamm. Der Durchmesser betrug etwa fünfzig bis sechzig Zentimeter und die Höhe etwa vier bis fünf Meter. Das Gebilde war von merkwürdiger Beschaffenheit: es bestand aus Haut und lebendigem Fleisch, und obendrauf war eine Art rundkegelförmigen Kopfes ohne Gesicht und ohne Haare; nur ganz oben auf dem Scheitel befand sich ein einziges Auge, das unbewegt nach oben blickte. Im Raum war es relativ hell, obschon er keine Fenster und kein Licht hatte. Es herrschte über dem Kopf eine gewisse Helligkeit. Das Ding bewegte sich nicht, jedoch hatte ich das Gefühl, als ob es jeden Augenblick wurmartig von seinem Throne herunterkommen und auf mich kriechen könnte. Vor Angst war ich wie gelähmt. In diesem unerträglichen Augenblick hörte ich plötzlich meiner Mutter Stimme wie von außen und oben, welche rief: ›Ja, schau ihn dir nur an. Das ist der Menschenfresser!‹ Da bekam ich einen

Höllenschrecken und erwachte, schwitzend vor Angst. Von da an hatte ich viele Abende lang Angst einzuschlafen, weil ich fürchtete, ich könnte wieder einen ähnlichen Traum haben.«[12]

Jung selbst deutet sich diesen Traum Jahrzehnte später nicht als Erinnerungsrest, sondern als ein ohne Erfahrung in seinem Bewußtsein auftauchendes Symbol für einen unterirdischen, dem Tode verbundenen Gott. Weder sei es wahrscheinlich, daß das Kind bereits entsprechende Gewölbe gesehen habe noch sei ihm die »Quelle für den anatomisch richtigen Ityphallus«[13] bekannt gewesen. Diese späte Deutung eines angeblich sehr frühen Traumes steht in merkwürdigem Kontrast zu anderen autobiographischen Äußerungen Jungs. Der herkömmlichen, nicht einmal strikt freudianischen Deutung nach würde ein überlebensgroßer Penis, der zudem von der Mutter als »Menschenfresser« bezeichnet wird, in irgendeiner Weise auf die bedrohliche Sexualität eines älteren Mannes, in der Regel des Vaters oder einer ähnlichen Gestalt verweisen. Dabei würde die orthodox freudianische Richtung sich dazu entschließen, in einem solchen Traum projektive, ödipale Ängste oder Wünsche zu sehen, nicht aber Reste eines realen Geschehens. In dieser Hinsicht gleichen Jungs Deutungen denen orthodoxer Freudianer. Mehr und mehr wird aber in den letzten Jahren diskutiert, ob Freuds spätere Theorie der phantasierten kindlichen Sexualerlebnisse nicht ein Zurückweichen vor den Konsequenzen seiner ursprünglichen Einsicht kaschieren. Könnte es sein, daß die immer wieder auftauchenden Berichte von Patienten, als kleine Kinder von erwachsenen Verwandten oder deren Freunden sexuell mißbraucht worden zu sein[14], für den Theoretiker Freud aufgrund eigener Ängste nicht auszuhalten waren? Sein Freund und Schüler Jung hatte ihm jedenfalls im Jahr 1907 brieflich eine einschlägige Erfahrung gebeichtet:

»Hochverehrter Herr Professor, [...] Ihre beiden letzten Briefe enthalten Beziehungen auf meine Schreibfaulheit. Ich bin ihnen in dieser Hinsicht allerdings einige Aufklärungen schuldig. Die eine Ursache ist in meiner Arbeitsüberlastung, die mich auch abends kaum zu Atem kommen läßt, zu suchen; die andere aber in affektiven Dingen, wofür Sie den prächtigen Ausdruck ›Selbsterhaltungskomplex‹ gefunden haben. Sie wissen ja, daß mir dieser Komplex schon manchen Streich gespielt hat, nicht zum wenigsten in meiner ›Dementia praecox‹. Eigentlich – was ich Ihnen mit Widerstreben gestehen muß – bewundere ich Sie als Menschen und Forscher schrankenlos, beneide Sie bewußt nicht; daher also kommt der Selbsterhaltungskomplex nicht, sondern er kommt daher, daß meine Verehrung für Sie einen ›religiös‹-schwärmerischen Charakter hat, der mir zwar weiter keine Molesten verursacht, mir aber wegen seines unverkennbar erotischen Untertones ekelhaft und lächerlich ist. Dieses abscheuliche Gefühl stammt daher, daß ich als Knabe einem homosexuellen Attentat eines von mir früher verehrten Menschen unterlegen bin. Dieses Gefühl nun, dessen ich noch nicht ganz ledig bin, hindert mich weitgehend. Es äußert sich auch so, daß mir die Beziehungen zu Kollegen, die stark auf mich übertragen, infolge psychologischer Durchschauung direkt ekelhaft werden. Ich fürchte deshalb Ihr Vertrauen. Auch fürchte ich dieselbe Reaktion bei Ihnen, wenn ich Ihnen von meinen Intimitäten spreche [...]«[15]

In diesem Brief berichtet Jung, damals zweiunddreißig Jahre alt, als Kind Objekt einer homosexuellen Handlung durch einen »verehrten« Bekannten geworden zu sein und daher sich selbst und andere Männer als widerwärtig zu empfinden, die füreinander Sympathie oder ähnlich starke Affekte wie »Vertrauen« aufbringen. Bemerkenswert ist darüber hinaus, daß Jung selbst an dieser Stelle eine von ihm als »religiös« bezeichnete Schwärmerei auf ein sexuelles Trauma zurückführt. Diese für Leben und Werk C.G. Jungs bedeutsame Mitteilung ist in der Regel von seinen Biographen vernachlässigt bzw. – wenn sie der freudianischen Schule angehörten – orthodox interpretiert worden. So ist etwa K.R. Eissler, der eine psychoanalytische Deutung des Briefwechsels von Freud und Jung vorgelegt sowie »Ansätze zu einer Pathographie« C.G. Jungs unternommen hat, der sicheren Meinung, daß eine »brutale Vergewaltigung« ausgeschlossen werden könne, »da es sich um einen vom Knaben verehrten Manne gehandelt hatte.«[16] Die Sicherheit, mit der Eissler ausschließen will, daß auch nahestehende, verehrte Menschen sich an ihnen bekannten, anvertrauten kleineren Kindern vergreifen, erstaunt angesichts neuerer Forschungsergebnisse. Entsprechend führt Eissler Jungs schwieriges Verhältnis zu Freud auf die Abwehr einer untraumatisch vorhandenen homosexuellen Erregung zurück und begibt sich damit der Chance, Jungs Leben und Werk als den Versuch zur Bewältigung, nicht nur der Verdrängung eines extremen Traumas zu verstehen.

Es scheint zumindest plausibel, daß sich das Problem der Sexualität aus der Sicht eines traumatisierten Opfers anders darstellt als aus der Perspektive eines mehr oder minder mitfühlenden Beobachters. Daß das Thema Homosexualität und die Problematik einer angemessenen theoretischen Deutung der Sexualität Jung gerade in jenen ersten Jahren der Bekanntschaft mit Freud – lange vor ihrem Bruch – beschäftigt hat, belegen noch weitere Passagen aus seinem Briefwechsel. Kurze Zeit nach dem brieflichen Geständnis erörtert Jung Fragen redaktioneller Tätigkeit der neu gegründeten »Zeitschrift für Sexualwissenschaft« um zu bekunden, daß die Übernahme der Redaktion durch »die 175er« keine Garantie für die Wissenschaftlichkeit dieses Unternehmens böte.[17] Und noch in den 1961 verfaßten *Erinnerungen* berichtet Jung von einer im Jahr 1920 unternommenen Reise nach Nordafrika, während der er in Tunis nicht nur Zeuge homosexuellen Straßenlebens wurde und sich an die griechische Polis erinnert fühlte, sondern auch Adressat entsprechender Vorschläge seines Dolmetschers geworden sei:

»Der Gute konnte nicht ahnen, welche Gedanken mich wie ein Blitzlicht getroffen und meinen Standort erhellt hatten. Ich fühlte mich um viele Jahrhunderte zurückversetzt in eine unendlich naivere Welt von Adoleszenten, die eben anfingen, sich mit Hilfe eines spärlichen Koranwissens dem Zustand der anfänglichen und seit Urzeiten bestehenden Dämmerung zu entziehen und der Existenz ihrer selbst in Abwehr der von Norden drohenden Auflösung bewußt zu werden.«[18]

Diese eher dunkle Textstelle, in der ein alter Mann sich auf die Erfahrung eines immerhin schon verheirateten Mittvierzigers bezieht, belegt, daß Jung vom Thema der Homosexualität auch als erwachsener Mann noch bedrängt wurde und in welcher Weise er die eigene frühe traumatische Erfahrung lebensgeschichtlich zu bewältigen suchte. Sie wird in einen kulturgeschichtlichen und entwicklungspsychologischen Kontext – die griechische Polis und die Welt von Adoleszenten – gestellt. Daß die griechische Polis als Lebensform sich nicht nur um Jünglinge zentrierte, sondern selbst eine jugendliche Lebensform darstellte, war Gemeingut des deutschsprachigen, gymnasialen Bildungskanons. Der abstrakte, bildlose Gott des Korans wird von Jung hier einerseits als jene Instanz gewertet, die die psychische Diffusion und Auflösung, die Heranwachsenden droht, zum Halten bringt. Andererseits sieht Jung im Islam eine vergeistigte Erotik, eine Gier nach Gott wirken.[19] Welche Auflösung drohte den antiken Nordafrikanern aus dem Norden? Der innere Zusammenhang des Textes selbst läßt kaum eine andere Wahl, als hierfür das Christentum namhaft zu machen – also jene Religion, die Jung im Hause seines Vaters kennengelernt und die ihn schon früh abgestoßen hatte.

Das Christentum und seinen zentralen Inhalt, den ›Herrn Jesus‹, will Jung als akustische Erinnerungsspur zuerst bei Beerdigungen und beim Anblick eines unheimlich wirkenden, schwarzgewandeten Mannes kennengelernt haben, der zudem mit seinem schwarzen Rock eine Geschlechtsrollendiffusion repräsentierte. Daß derartig aussehende Menschen Jesuiten genannt wurden, hatte er von seinem Vater aufgeschnappt. In beiden Szenentypen, bei Beerdigungen und bei den Jesuiten, spielte das Wort ›Herr Jesus‹ für den kleinen C.G. Jung eine hervorragende Rolle. Entsprechend stellt das Leiden am calvinistischen Christentum seines Vaters neben der Bewältigung des homosexuellen Traumas die zweite Quelle der Ausbildung von Jungs Lebenswerk dar. Hier dürfte auch eine der Wurzeln von Jungs Jahre später offen artikuliertem Antisemitismus liegen. Der enge Zusammenhang von jüdischer Tradition und christlichem Glauben, den Jung im Elternhaus kennengelernt hatte, wurde durch Erfahrungen von Krankheit, Trennung und ehelichem Unglück der Eltern überlagert. Jung, der als Kind sowohl unter einem Ekzem als auch an Pseudokrupp litt, erfuhr seinen Vater als zugewandt, aber schwach und seine Mutter – jedenfalls teilweise – als unheimlich. Er berichtet, daß ihm aus dem Schlafzimmer der Mutter, die getrennt vom Vater schlief, nachts beängstigende Einflüsse, spukhafte Bilder entgegen schlugen.[20] Der Mutter selbst wurde die Gabe des Hellsehens nachgesagt.

Sexualität und Judentum umrahmten diese unglückliche Kindheit in mehrfacher Hinsicht. Jungs Großvater mütterlicherseits, der in Basel prominente reformierte Oberpfarrer Samuel Preiswerk, war Privatdozent für Hebräisch und ein früher christlicher Zionist, der zudem übersinnlich begabt gewesen sein soll.[21]

Jungs Vater, der unglückliche und an seinem Christentum leidende Pfarrer Paul Jung, hatte in seiner Jugend Arabisch und Hebräisch studiert und mit einer Arbeit über eine arabische Version des »Hohen Liedes«, der erotischsten Passage der Bibel, den Doktortitel erlangt.[22]

Die vielfältigen Spukerfahrungen in Kindheit und Jugend führten Jung dann als angehenden Wissenschaftler zum empirischen Experimentieren mit okkulten Phänomenen. Als er im Jahre 1902 bei dem weltbekannten Psychiater Eugen Bleuler mit einer Arbeit »Zur Psychologie und Pathologie sogenannter okkulter Phänomene« promovierte, konnte er auf eine lange Praxis spiritistischer Seancen mit seiner um sechs Jahre jüngeren Cousine Helly Preiswerk zurückblicken.

Die ersten spiritistischen Sitzungen fanden 1895 im Hause von Jungs schwerkrankem, jedem Spiritismus abgeneigten Vater statt. Als im Jahr 1897 in Basel der erste von Theodor Herzl einberufene Zionistenkongreß stattfand, blieb das nicht ohne Eindruck auf Jungs Medium, Helly Preiswerk. Sie bezeichnete ihr somnambules Ich namens Ivenes als »kleine, schwarzhaarige Frau von ausgesprochen jüdischem Typus, in weiße Gewänder gehüllt, den Kopf mit einem Turban bedeckt. Sie versteht und spricht die Sprache der Geister (hebräisch).«[23] Jungs Medium, das zunächst dem verstorbenen prozionistischen Großvater seine Stimme lieh, sah sich später als Verkörperung mittelalterlicher Gräfinnen, als Geliebte Goethes und »Stammutter ungezählter Tausender«. Jung bewertete diese Phantasien der Ivenes als erfüllten sexuellen Wunschtraum eines pubertierenden Mädchens.[24] Die Verbindung von Christentum, Judentum, Sexualität und Spuk zeigt sich so als lebensgeschichtliches Grundmotiv C.G.

Jungs, das in der Begegnung mit Freud eine ungeahnte Zuspitzung erfahren sollte. In systematischer Hinsicht ging es Jung dabei von Anfang an um eine kollektive Wiedervereinigung von Sexualität und Kultur, von Eros und Religion, um die Reintegration von Geschlechtlichkeit und Mythos im Ganzen eines Lebensvollzugs. Im Jahre 1910 schreibt Jung an Freud betreffs eines von einem gemeinsamen bekannten Apotheker geplanten ethischen Ordens auf der Basis der Psychoanalyse:

»Das ethische Problem der Sexualfreiheit ist ja wirklich furchtbar groß und des Schweißes aller Edeln wert. Aber die 2000 Jahre Christentum wollen äquivalent ersetzt sein. Ein ethischer Orden aber mit seinem ethischen Nichts, dem keinerlei archaisch – infantile Triebkraft innewohnt, ist ein pures Vakuum und kann niemals von der uralten Tierkraft, welche den Zugvogel übers Meer treibt und ohne die keine unwiderstehliche Herdenbewegung zustande kommt, im Menschen wecken. Ich denke mir für die Psychoanalyse eine weit schönere und umfänglichere Aufgabe als ein Einmünden in einen ethischen Orden. Ich denke, man müsse der Psychoanalyse noch Zeit lassen, von vielen Zentren aus die Völker zu infiltrieren, beim Intellektuellen den Sinn fürs Symbolische und Mythische wiederzubeleben, den Christum sachte in den weissagenden Gott der Rebe, der er war, zurückverwandeln, und so jene ekstatischen Triebkräfte des Christentums aufzusaugen, alles zu dem *einen* Ende, den Kultus und den heiligen Mythos zu dem zu machen, was sie waren, nämlich zum trunkenen Freudenfeste, wo der Mensch in Ethos und Heiligkeit Tier sein darf.«[25]

Mit dieser Beschwörung einer Rückverwandlung des Christus in Dionysos, der Versöhnung von Heiligkeit und Tierheit, knüpft Jung nicht nur an der Kritik des Baseler Professors Nietzsche am Christentum oder an Hölderlins Gedichte, sondern an die tiefsten Intentionen des Deutschen Idealismus an, der – wahrscheinlich durch Schelling – eine »Mythologie der Vernunft« gefordert hatte.[26] Systematisch ist in diesem Brief das Programm einer »Wiederverzauberung« der Welt eingefordert. Der Soziologe Max Weber, der bekanntlich den okzidentalen Rationalisierungsprozeß und die damit einhergehende Entfremdung als »Entzauberung der Welt« bezeichnet hatte, stand der Möglichkeit derartiger Wiederverzauberungen ebenso skeptisch gegenüber wie Freud, der Jung auf diesen Brief lapidar geantwortet hatte: »An Ersatz für Religion denke ich nicht, dies Bedürfnis muß sublimiert werden [...]«[27]

Jungs auf der Basis einer traumatischen Lebensgeschichte erwachsenes Programm einer *Reintegration* von Religion und Sexualität stand so Freuds Programm einer *Sublimation* von beidem gegenüber. Reintegrations- und Sublimationsmodell, wie sie schon in diesem frühen Briefwechsel einander entgegengestellt sind, unterscheiden sich einmal in der Frage der Reduzierbarkeit der Religion und zum anderen hinsichtlich der Kontingenz der Person, d. h. der Frage, ob die menschliche Entwicklung einem sinnhaften, vorgegebenen Ziel folgt. Für Freud stellte die Wahl der Sexualtheorie als Zentrum seines Werkes nicht nur eine zufällige, am Ende lebensgeschichtlich vermittelte Vorliebe für einen beliebigen tiefenpsychologischen Gegenstand dar, sondern jene Orientierung, die allein Wissenschaftlichkeit und Aufklärung garantierte. Jung berichtet in seinen Erinnerungen von einem Gespräch mit Siegmund Freud aus dem Jahre 1910, in dem er dogmatisch auf die Sexualtheorie verpflichtet werden sollte. »Mein lieber Jung«, so Freud, »versprechen Sie mir, nie die Sexualtheorie aufzugeben. Das ist das Allerwesentlichste. Sehen Sie, wir müssen daraus ein Dogma machen, ein unerschütterliches Bollwerk.« Auf Jungs Rückfrage, wogegen dies Bollwerk errichtet werden solle, habe Freud geantwortet: »Gegen die schwarze Schlammflut [...] des Okkultismus.«[28]

Daß die Warnung vor Dogmen den an seinem christlichen Elternhaus leidenden Jung nicht erreichen würde, daß die väterliche Rede »mein lieber Jung« alle Ängste Jungs vor einer homosexuellen Einvernahme reaktivieren, daß die Ineinssetzung von »Okkultismus« und »schwarzer Schlammflut« den empirischen Okkultismusforscher kränken mußte, ist im Rückblick plausibel, konnte den Akteuren jedoch nicht präsent sein. Ein Abrücken von der Sexualtheorie hätte für Freud nicht weniger bedeutet, als die mühsam gewonnenen Einsichten in die nur lebensgeschichtlich nachvollziehbare Genese jener psychophysischen Organisationsform, die gemeinhin als Subjekt bezeichnet wurde, rückgängig zu machen. Setzt doch der Okkultismus »Geister«, d. h. spirituelle, von jeder materiellen körperlichen Basis abgelöste Subjekte voraus. Im Okkultismus lebt die alte voraufklärerische, schon von Kant als unwissenschaftlich nachgewiesene rationale Seelenlehre im quasiempirischen Gewande fort.

Als Jung schließlich, nachdem er 1910 zum Präsidenten der neugegründeten »Internationalen Psychoanalytischen Vereinigung« gewählt worden war, im Jahre 1912 zu einer zweiten USA-Reise aufbrach, waren die Elemente eines auch persönlichen Bruchs zwischen Freud und Jung beisammen. Zu den immer gravierenderen theoretischen Differenzen trat nun der Umstand, daß Jung einer der ganz wenigen Christen in einer weitestgehend von assimilierten Juden betriebenen jungen wissenschaftlichen Disziplin war. Dabei ist es müßig, auf eine innere Wahlverwandtschaft des abstrakten, auf Wahrheit und Ethik setzenden jüdischen Denkens bzw. der die Sexualität theologisch deutenden jüdischen Mystik mit der Psychoanalyse zu setzen.[29]

Ein strikt wissenschaftssoziologischer Blick kommt ohne solche Spekulationen aus. Die Juden hatten Ende des 19. Jahrhunderts in Österreich-Ungarn ebenso wie im Deutschen Reich gerade seit zwanzig, dreißig Jahren ihre rechtliche Emanzipation erlangt und waren bei ihrem sozialen Aufstieg mit vielfältigen Vorurteilen und erstarrten sozialen Strukturen konfrontiert. In Deutschland z. B. konnten ungetaufte Juden – von geringfügigen Ausnahmen abgesehen – erst nach 1919 zu Staatsbeamten werden. Erfolgreiche Karrieren im Wissenschaftssystem als Professoren entfielen damit. Die gesellschaftliche Diskriminierung und der Wille zum sozialen Aufstieg zwang jüdische Forscher somit in jene neuen Disziplinen, die es erlaubten, sich rasch einen wissenschaftlichen Namen zu machen. Die sich um die Jahrhundertwende sprunghaft weiterentwickelnde Medizin mit ihren vielen Spezialgebieten kam dem besonders entgegen. Seltene und abgelegene Subdisziplinen dieses Fachs verstärkten den Trend.[30]

So war die entstehende Psychoanalyse tatsächlich eine vor allem von Juden betriebene Wissenschaft, der aufgrund ihrer unbezweifelbaren Modernität zudem bald das antisemitische Vorurteil, eine jüdische, d. h. »zersetzende« Wissenschaft zu sein, entgegenschlug. Vor diesem Hintergrund war es eine politische Strategie Freuds, der jungen und stets attackierten Psychoanalyse dadurch gesellschaftliche Anerkennung zu verschaffen, daß er sie durch jemanden repräsentieren ließ, der nicht dem Judentum angehörte. Freud jedenfalls stand der Idee einer essentiell »jüdischen« Wissenschaft nicht so fern, wie man glauben könnte:

»Seien sie tolerant und vergessen Sie nicht«, schreibt er im Mai 1908 an Karl Abraham,

»daß Sie es eigentlich leichter als Jung haben, meinen Gedanken zu folgen, denn erstens sind Sie völlig unabhängig, und dann stehen Sie meiner intellektuellen Constitution durch Rassenverwandtschaft näher, während er als Christ und Pastorensohn nur gegen große innere Widerstände den Weg zu mir findet. Um so wertvoller ist dann sein Anschluß. Ich hätte beinahe gesagt, daß er durch sein Auftreten die Psychoanalyse der Gefahr entzogen hat, eine jüdische nationale Angelegenheit zu werden.«[31]

Daß das Thema des Antisemitismus im Kreise Freuds die Beziehungen zwischen Juden und Nichtjuden belastete, berichtet auch Freuds erster Biograph, Ernest Jones.[32]

Beide Elemente, der lebensgeschichtlich weit zurückliegende homosexuelle Mißbrauch und die soziale Spannung zwischen Juden und Nichtjuden im Freudschen Kreis, führten schließlich zu einer offenen theoretischen Distanzierung Jungs von Freud, die beider persönliche Beziehung zerstören und Jung zeitweise in das Lager der Nationalsozialisten treiben sollte. Als in den Jahren 1911 und 1912 die *Wandlungen und Symbole der Libido* in Form zweier Jahrbuchbeiträge erschienen[33], reagierte Freud zunächst in Briefen an Jungs Frau vorsichtig und abwartend, in Briefen an Jung selbst aufgeschlossen und interessiert. Es waren schließlich verbandsinterne Querelen, Differenzen über mögliche Namen der Zeitschrift der »Internationalen Psychoanalytischen Vereinigung«, sowie Vorwürfe Jungs an Freud, seine Schüler über die Analyse in infantiler Abhängigkeit zu halten, die zum Bruch führten. Im Bereich der Theorie fühlte sich Jung von einer Bemerkung Freuds getroffen, die ihm attestierte, »das Rätsel aller Mystik gelöst zu haben, welche auf der symbolischen Verwendung der außer Dienst gestellten Komplexe ruht.«[34] Daß Freud Jung mitteilte, mit dieser Arbeit eine große Aufklärung geleistet zu haben, wenn auch nicht die, die er beabsichtigte, verbitterte Jung: »Ich leide hie und da am bloß menschlichen Wunsche, intellektuell verstanden zu werden, ohne am Maßstab der Neurose gemessen zu werden.«[35]

Jung führt hier gegen Freud eine Argumentationsfigur ins Feld, die seither den Diskurs zwischen der Psychoanalyse und anderen Wissenschaften bestimmt. Ist es von psychoanalytischer Seite zulässig, in einem wissenschaftlichen Disput auf den Austausch sachlicher Argumente zu verzichten und sich statt dessen, auch was die Gültigkeit einer Theorie angeht, auf deren Entstehungskontext zu beziehen? Wie ist ein wissenschaftlicher Diskurs möglich, wenn eine der Parteien sich durch ein von der anderen vermeintlich abgewehrtes, höheres Wissen privilegiert? Die systematische Vermengung von entlarvender Ideologiekritik und systematischer Argumentation, die in allen Tiefenpsychologien angelegt ist, schlug hier auf einen der wissenschaftlichen Kontrahenten selbst zurück. Es wird zu prüfen sein, in welchem Ausmaß es der analytischen Psychologie C.G. Jungs gelungen ist, diese – jeden wissenschaftlichen Diskurs zerstörende – therapeutische Haltung ihrerseits zu vermeiden.

Exkurs: Gibt es eine desexualisierte Libido?

Welches waren die Thesen, die Freud zu einer schließlich doch distanziert-therapeutischen Stellungnahme gegenüber Jung provozierten? In einer Auseinandersetzung mit Freuds *Traumdeutung* unterscheidet Jung zwei Arten des menschlichen Denkens: eine sprachlich strukturierte, auf die Anpassung an die Realität gerichtete, und eine vor allem subjektiv-egoistische, an infantilen Wünschen gespeiste. Daß Träume bildhaft erscheinen und sich in bildhaften Symbolen ausdrükken, provoziert die Frage nach der Herkunft des symbolischen Materials und seiner verzerrt sprachlichen Strukturen. Die für Jung in Fallstudien erwiesene Ähnlichkeit von Traumsymbolen moderner Menschen und Emblemen archaischer Mythen dient ihm als Beweis für ein phylogenetisches seelisches Erbe, das – begabt mit einer unbewußten Tendenz zur Fortentwicklung – auf die Verwirklichung von noch nicht oder nicht mehr anerkannten Wunschtendenzen in der Seele drängt.[36] Mit diesem Gedanken scheint Jung ein Modell entworfen zu haben, das weiter reicht als Freuds Überlegungen: Daß sich in bildhaften Symbolen die nicht mehr anerkannten Wünsche der Seele artikulieren, ist der Kern des Zensurmodells. Der Gedanke hingegen, daß sich in bildhaften Symbolen auch noch nicht anerkannte Wünsche melden, setzt eine teleologische Struktur der menschlichen Psyche voraus, die Freud, der vor allem an der kausalen Prägung der Psyche im Spannungsfeld von physiologischer Reifung und sozialer Normierung interessiert war, ablehnte.

Jungs Buch *Wandlungen und Symbole der Libido* unterscheidet sich von dem, was man für jene Zeit als orthodoxe Psychoanalyse bezeichnen könnte, in dreierlei Hinsicht:
– thematisch treten an die Stelle einer im klinischen Kontext vorgetragenen, neurotischen Krankengeschichte literarisch überlieferte Traumwelten vermeintlich psychotischer Art, sowie kulturell tradiertes mythisches Material;
– methodologisch tritt an die Stelle der deutenden *Reduktion* einer Lebensgeschichte die nach dem Analogieprinzip verfahrende *Amplifikation*;
– theoretisch tritt an die Stelle der Letztinstanzlichkeit der Sexualität ein allgemeiner Lebens-bzw. Überlebenstrieb.

Das Material, an dem Jung seine Lesart der Psychoanalyse entwickelt, sind Aufzeichnungen einer jungen Angelsächsin, die im Jahre 1906 in einer psychologischen Zeitschrift erschienen und verschiedene Tagträume und halluzinatorische Erlebnisse schildern.[37]

Jung unterscheidet zwischen einem gerichteten, realitätsangepaßten und vor allem sprachlich konstituierten Denken, sowie einem bildhaft phantastischen, symbolischen Denken. Während das sprachlich-diskursive Denken in gewisser Weise sozial ist, erweist sich das phantasierende Denken als egoistisch. Jungs Interesse gilt derlei bewußt erlebten Phantasien, die »uns also an einem mythischen oder sonstigen Stoffe von noch nicht oder nicht mehr anerkannten Wunschtendenzen in der Seele« erzählen.[38] Mit dieser Haltung nimmt Jung eine umfassendere Perspektive auf das seelische Geschehen ein als Freud. Während das Interesse an den nicht mehr anerkannten Wunschtendenzen der Seele präzise das Freudsche Zensurmodell umreißt, zielt die Rede von den »noch nicht anerkannten Wunschtendenzen« auf ein Entwicklungs- und Antizipationsmodell der Psyche.[39] Das um eine Lehre von der gerichteten und die Zukunft erspürenden unbewußten seelischen Entwicklung erweiterte tiefenpsychologische Modell bedarf einer erweiterten methodologischen Basis. Während die Psychoanalyse den methodologischen Regeln der Geschichtswissenschaft zu folgen hat, wäre eine dem Zukunftssinn zugewandte Tiefenpsychologie »Objekt einer unendlich verfeinerten Synthetik, welche den natürlichen Strömungen der Libido zu folgen verstünde. Das können wir nicht, wohl aber das Unbewußte, denn dort geschieht es, und es scheint, als ob von Zeit zu Zeit in gewissen Fällen bedeutsame Fragmente dieser Arbeit wenigstens in Träumen zutage träten [...]«[40]

Die Unterstellung einer auch antizipierenden, gerichteten psychischen Entwicklung führt schließlich zu der Annahme, daß eine gehemmte Entwicklung zur Regression führt und dabei älteres psychisches Material aktiviert. Psychotische und neurotische Bildwelten erscheinen bei Jung also nicht als kompromißhaft verdorbener Text unter dem Zwang gesellschaftlicher Zensur, sondern als das machtvolle An-die-Oberfläche-Drängen einer im Prinzip bereits überwundenen Stufe der psychischen Organisation. Der Blick auf das Ganze einer lebensgeschichtlichen Entwicklung kann nicht verkennen, daß es Phasen gibt, in denen jedenfalls die genitale Sexualität keine Rolle spielt.

Freud selbst hat in den *Drei Abhandlungen zur Sexualtheorie* die kindliche Sexualität keineswegs als die stärkste aller Triebkräfte dargestellt. Für Jung beweist gerade eine phylo- und ontogenetische Perspektive, daß Lebewesen neben dem Fortpflanzungstrieb auch anderen Trieben wie dem Hunger, dem Nestbau und der Brutpflege folgen. Das, was sich derart in einer biologischen Terminologie als »Propagationstrieb« bezeichnen läßt, ist indessen nichts anderes als der schon von Schopenhauer postulierte »Lebenstrieb«, ein »Wille zum Dasein, der durch die Erhaltung des Individuums die Fortpflanzung der ganzen Art erreichen will.«[41]

Jung hat einen allgemeinen, der Sexualität vielleicht genetisch verbundenen, aber selbst nicht immer und notwendig sexuell fortwirkenden Libidobegriff aufgestellt, der zugleich die Anwendbarkeit psychoanalytischer Gedankengänge auf psychotische Fälle ermöglichen soll. Die in Psychosen zutage tretende Bilderwelt ist Ausdruck einer gehemmten sexuellen Entwicklung, die auf vorsexuelle Stufen zurückfällt, um von desexualisierter Libido gespeist, archaische Phantasmen zutage bringen. Der Mechanismus aber, der die psychotische Artikulation einer Entwicklungshemmung ermöglicht, ist zugleich ein Motor der Kulturentwicklung. Die in psychotischen Phantasien auftretende Kreativität ist letzten Endes die Bedingung der Möglichkeit menschlichen Bewußtseins:

»Es scheint also, als ob auf diesem Wege phantastischer Analogiebildung allmählich immer mehr Libido desexualisiert wurde, indem zunehmend Phantasiekorrelate für die primitiven Verrichtungen der Sexuallibido eingesetzt wurden. Damit wurde allmählich eine gewaltige Erweiterung des Weltbildes erzielt, indem immer neue Objekte als Sexualsymbole assimiliert wurden: es ist eine Frage, ob nicht überhaupt auf diese Weise der menschliche Bewußtseinsinhalt ganz oder wenigstens zum großen Teil zustande gekommen ist. Jedenfalls ist es evident, daß diesem Trieb zur Analogiefindung eine gewaltige Bedeutung für die menschliche Geistesentwicklung zukommt. Wir müssen Steinthal (Heymann St., 1823-1899, früher Sprachphilosoph, M.B.) durchaus recht geben, wenn er meint, daß dem Wörtchen »gleichwie« eine ganz unerhörte Wichtigkeit für die Entwicklungsgeschichte des Denkens zugestanden werden müsse. Es läßt sich leicht denken, daß die Überleitung von Libido auf phantastische Korrelate die primitive Menschheit zu einer Reihe der wichtigsten Entdeckungen geführt hat.«[42]

Indem Jung die Fähigkeit zur Analogiebildung, die phantastisches Denken erst ermöglicht, in den Mittelpunkt seiner Symboltheorie stellt und auch die Sexualität als Formation der allgemeinen Libido zu einem deutbaren Gegenstand erklärt, bekräftigt er die romantische Theorie des Unbewußten. Anders als Freud, der sich in seiner Psychologie – nicht in seinen Krankengeschichten – stärker für die energetischen Aspekte des psychischen Geschehens interessiert, geht es Jung um die phantastische Kreativität des Unbewußten, das hier genau die Funktion einnimmt, die das Genie in der romantischen Ästhetik innehatte. Das Verfahren der Amplifikation, d. h. des Versuchs, zu individuellen Traumsymbolen Entsprechungen aus dem mythischen Material unterschiedlichster Kulturen zu finden und diese ihrerseits auf ihre Quellen hin zu befragen, ist Folge dieser Betonung der kreativen, vorwärtstreibenden Momente des Unbewußten. *Die Sexualität selbst wird so zum kulturellen Phantasma.* Freuds Satz »Ursprünglich haben wir nur Sexualobjekte gekannt«, ist für Jung als biologische Aussage falsch, beschreibt aber – auch in entwicklungspsychologischer Hinsicht – den zentralen Mechanismus menschlicher Weltkonstitution. So bieten insbesondere archaische Mythen und mythische Erzählungen Material, um den Widerstand des konservativen Unbewußten gegen die Aufgaben reifungsbedingter Veränderung, zunehmender Vergemeinschaftung und wachsender Individualisierung nachzuvollziehen.

Man vermag kaum zu glauben, daß es diese auf den ersten Blick schwer nachvollziehbaren theoretischen Differenzen gewesen sein sollen, die das Verhältnis von Freud und Jung zerstörten. Denn auch Freud war keineswegs jener Pansexualist, für den er später gehalten wurde. Er war sich durchaus des Umstandes bewußt, daß neben der Sexualität noch andere Triebe von Bedeutung waren.[43] Auch war Freud kein Verfechter einer mechanistischen Lehre von den unmittelbaren Auswirkungen der Sexualität oder ihrer Unterdrückung auf das kindliche Seelenleben, sondern erklärte ihre Bedeutung durch einen »psychischen Faktor unbekannter Herkunft«[44], einen Faktor, der die besondere »Haftbarkeit« derartiger Eindrücke erklärte. Doch wo Jung auf die phantasieschaffende Kraft der Analogie verweist, vermutet Freud den Einfluß von »Erinnerungsspuren«.[45]

Die entscheidende theoretische Differenz scheint also tatsächlich in Freuds Beharren auf klinischer, fallbezogener historischer Rekonstruktion erlittener und unbewußter Traumata und Jungs Interesse an den Analogien bildhafter

Symbole eines in seiner Entwicklung stockenden, aber vorwärtsgerichteten Unbewußten zu liegen.

Jungs rassistische Bemerkungen über die Differenz von jüdischem und arischem Unbewußten, das zu einem Lob für den Nationalsozialismus gerann, nehmen diese theoretische Differenz auf und interpretieren sie antisemitisch vor dem Hintergrund der nie wirklich gemeisterten Ablösung von Freud und den Statusproblemen innovativer Wissenschaftler in einem als konservativ erfahrenen Wissenschaftssystem.

Das Thema der Beziehung zwischen Jung, Freud und dem Antisemitismus, das inzwischen sorgfältig und in allen Facetten erforscht worden ist[46], beschäftigte Jung bis ans Ende seines Lebens. Wie bei anderen Konservativen schwand seine Begeisterung über den Nationalsozialismus bald, der Enttäuschung gab er erstmals in seiner 1936 erschienenen Schrift *Wotan* Ausdruck. Die Auseinandersetzung mit dem Gott der Bibel, der ihn schon als Kind geängstigt hatte, blieb ein Leitmotiv seines Lebens und kulminierte 1952 in seinem Essay *Antwort auf Hiob*. Darüber hinaus führte ihn seine intensive Beschäftigung mit der Alchemie zwangsläufig zu einer Auseinandersetzung mit der Kabbala, der jüdischen Mystik, und zu einer späten Hochschätzung des Judentums. Zudem waren sogar ehemalige jüdische Diskussionspartner bzw. Bekannte wie der in Theresienstadt inhaftierte Rabbiner Leo Baeck oder der Kabbalaforscher Gershom Scholem nach dem Krieg wieder bereit, mit Jung Kontakt aufzunehmen.[47] Jungs gefährliche politische Einlassungen während des Zweiten Weltkrieges[48], seine Selbstgerechtigkeit und fehlende Einsicht bezüglich seines NS-Engagements, sowie seine auch im Alter noch von Unverständnis geprägte Einstellung zu Freuds Sexualtheorie[49] sprechen freilich weniger gegen Jungs Werk im ganzen als für eine genaue Überprüfung, inwieweit dieses Werk von antijudaistischen Haltungen durchzogen ist und dies seine Erkenntnischancen mindert.[50] Vor allem aber beweist der Bruch zwischen Jung und Freud mitsamt seinen Konsequenzen die erstaunliche Kraft zwischenmenschlicher Bindungen, die auch nach deren Ende noch das Werk jener, die da emotional aneinander gekettet waren, fortbildeten.

In seiner erstmals 1914 erschienenen *Geschichte der psychoanalytischen Bewegung* hielt Freud Jung nicht nur vor, von einem unbegründeten Kulturoptimismus auszugehen und die Psychoanalyse zu mißdeuten, indem er sie zu einer Lenkung von Biographien umdeute, sondern vor allem, das Wesen des Traums zu verkennen: »Der Traum ist ja nur eine Form des Denkens; das Verständnis dieser Form kann man nie aus dem Inhalt seiner Gedanken gewinnen, dazu führt nur die Würdigung der Traumarbeit.«[51]

Neben aller Bitterkeit, der Freud vor allem in persönlichen Mitteilungen Ausdruck verlieh[52], verbleibt eine theoretische Differenz. Freuds Modell psychischer *Arbeit*, das auf der individuellen Verarbeitung der durch gesellschaftliche Normen zensierten Trieberfüllung beruht, steht gegen Jungs Modell der gehemmten psychischen *Entwicklung*, die sich in universellen Bildern artikuliert. Der Entfaltung dieser – im Widerstand gegen Freud gewonnenen – Idee galt Jungs lebenslange Anstrengung.

IV. Theoretische Grundlagen

Die komplexe Psychologie C.G. Jungs ist in der Öffentlichkeit vor allem durch eine Reihe von Schlagworten bekannt geworden. Begriffe wie Kollektives Unbewußtes, Archetypus, Schatten, Anima und Komplex werden auch in der Umgangssprache verwendet, aber so ihres systematischen Zusammenhangs entkleidet. Sie stellen damit gleichsam die Außenseite eines ansonsten verdeckten Feldes dar. Anders als Freud, der seine mit naturwissenschaftlicher Strenge konstruierten theoretischen Annahmen im Laufe seines Forscherlebens immer wieder revidierte, hat Jung ein von Anfang an zwar voraussetzungsvolles, aber weniger strenges System geschaffen, das entsprechend auch kaum revidiert, sondern immer nur anders angewendet werden mußte. Ohne die Differenz von Freud und Jung im Einzelnen zu entfalten, sei noch einmal auf die oben eingeführte Unterscheidung von *Zensur-* und *Artikulationsmodell* verwiesen. Beide Modelle wurden vornehmlich anhand der Traumdeutung entwickelt und eignen sich daher besonders als Ausgangspunkt zur Darstellung der Theorie im Ganzen. Im Zensurmodell Freuds werden Träume vor allem als Wunscherfüllung unter der Herrschaft triebeinschränkender gesellschaftlicher Normen gesehen, haben also wesentlich kompensatorischen Charakter. Anders bei Jung: In seiner Theorie sind Träume nicht das verderbte Ergebnis einer erzwungenen Verschlüsselung von Wünschen, sondern Bildertexte, Artikulationen des Unbewußten in seiner Ganzheit.

1. Das Kollektive Unbewußte

Jung sieht den Traum als »spontane Selbstdarstellung der aktuellen Lage des Unbewußten in symbolischer Ausdrucksform«.[53] In dieser Erläuterung wird das Unbewußte, das in der Freudschen Variante der Psychoanalyse als ein schwer zugängliches Reservoir von Erfahrungsgehalten gegolten hatte, zu einer Art selbsttätigem Subjekt, das sich in einer »aktuellen Lage« befinden kann, umgedeutet. Diese Umdeutung bahnte sich bereits in den *Wandlungen und Symbole der Libido* an, wo Jung die archaischen Mythen des wandernden und sterbenden Helden als Gleichnisse des »Mythus unseres eigenen leidenden Unbewußten, das jene ungestillte und selten stillbare Sehnsucht nach allen tiefsten Quellen seines eigenen Seins [...] hat«[54], interpretierte. Das Unbewußte folgt einem Ziel oder besitzt, wie Jung formuliert, eine finale Orientierung, die dem Bewußtsein oft entgegengesetzt ist.[55] Andererseits ist das Unbewußte »nicht das schlechthin Unbekannte, sondern [...] vielmehr einerseits das unbekannte Psychische, das heißt all das, von dem wir voraussetzen, daß es, wenn es zum Bewußtsein käme, sich in nichts von den uns bekannten psychischen Inhalten unterscheiden würde.«[56]

Das Unbewußte wird somit zu einer zweiten, noch nicht bekannten Persönlichkeitsstruktur erklärt, die in ihren Strebungen im Prinzip erkennbar ist. Freilich eignet ihm noch eine andere, zwar dem Bewußtsein, aber nicht der Willkür zugängliche Seite, die »Numinosität« – ein Begriff, den C.G. Jung der vergleichenden Religionsphänomenologie Rudolf Ottos entnommen hat.[57] Numinosität »versetzt das Subjekt in den Zustand der Ergriffenheit, das heißt der willenlosen Ergebenheit«.[58]

Dieser doppelte Aspekt von Jungs Begriff des Unbewußten, einerseits ein prinzipiell zugänglicher Inhalt, andererseits ein überwältigend Ergreifendes zu sein, führte schließlich dazu, das Unbewußte zu einem empirisch erforschbaren Gott umzudeuten. Denn Gott und das Unbewußte gleichen sich darin, daß sie den Menschen überwältigen. Jung selbst weiß zwar, daß Gott und Unbewußtes nicht miteinander identisch sind[59], ist aber gleichwohl der Auffassung, daß empirisch beides im Begriff des Numinosen, in jenem Medium, das religiöse Erfahrung ermöglicht, zusammenfließen. Das Numinose ist das Unbekannte schlechthin: »Der Religiöse nennt diesen absconditum Gott; der wissenschaftliche Intellekt heißt ihn das Unbewußte.«[60]

Jungs Tiefenpsychologie basiert auf einem Kommunikationsmodell zwischen endlichem menschlichen Subjekt und dem Unbewußten, Gott. Der Prozeß, der beider Kommunikation durchläuft, besitzt ein Ziel, die Individuation, die zugleich in Jungs Entwicklungspsychologie als treibende Kraft angenommen wird. Vor der Erläuterung dieser Entwicklungspsychologie soll die Möglichkeit der Kommunikation zwischen dem Indviduum und seinem Unbewußten entfaltet werden.

2. Die Theorie der Archetypen

Welcher Mittel bedient sich das Unbewußte, d. h. jenes hinter dem bewußten Ich wirkende Subjekt, um diesem seine gegenwärtige Lage mitzuteilen, seine Situation zu artikulieren? Jungs psychiatrische Kenntnisse sowie seine ethnologischen Interessen ließen ihn schon früh auf den Umstand stoßen, daß etwa psychiatrische Patienten in ihren Halluzinationen oder neurotische Patienten in ihren Träumen Bilder evozierten, die mythischen Symbolen glichen, obwohl bei diesen Patienten ausgeschlossen war, daß sie sich mit Ethnologie oder vergleichender Religionsgeschichte auseinandergesetzt hatten. Aus diesem, durch zwischenmenschliches oder kulturelles Lernen nicht erklärbaren Umstand, schloß Jung auf eine transpersonale, weder erworbene, noch frei verfügbare Symbolwelt zurück, auf die Archetypen. Den Begriff des Archetypus hat C.G. Jung der (spät-)antiken Religionsphilosophie entnommen, wo er z.B. bei Philo von Alexandrien oder im Corpus Hermeticum als der den Menschen prägende »göttliche Logos« oder das »Gefäß der Schätze der Gottheit«[61] gilt. Jung hat immer wieder versucht, diesen schillernden Begriff zu definieren. Eine relativ späte und knappe Definition aus dem Jahre 1936 wirft freilich mehr Fragen auf, als sie beantwortet: Archetypen seien präexistente Formen eines kollektiven Unbewußten und stellen damit Grundmuster instinkthaften Verhaltens dar.[62] Archetypen seien – hier schlägt das kantianische Erbe in Jungs Tiefenpsychologie durch – ein Apriori menschlicher Tätigkeiten, also die vorbewußte und individuelle Struktur der Psyche.[63] Somit sei der Archetypus – heißt es an anderer Stelle – »ein an sich leeres, formales Element [...] eine a priori gegebene Möglichkeit der Vorstellungsform«.[64]

Diese Definitionen provozieren eine Fülle von Nachfragen: Welches ist der Ursprung der Archetypen? Stellen Archetypen so etwas wie eine starre Symbolsprache dar? Können Archetypen biologisch vererbt werden? Diese Fragen, die auch nach Jungs eigener Auffassung in vieler Hinsicht auf Mißverständnisse deuten, versuchte er in einer systematischen Arbeit aus dem Jahre 1946, den *Theoretischen Überlegungen zum Wesen des Psychischen* zu beantworten.[65]

Unter der Voraussetzung, daß das Psychische eine bewußt-unbewußte Ganzheit darstelle[66] und angesichts der evolutionstheoretischen Erkenntnis, daß die Psyche kaum das einzige biologische Phänomen sein könne, das nicht Spuren seiner Entwicklungsgeschichte trüge, lassen sich Trieb und »archaischer Modus«, also der Archetypus, als »pattern of behaviour« verstehen.[67] Freilich deutet Jung diesen der kausal verfahrenden Biologie entnommenen Begriff so um, als seien »patterns of behaviour« nicht lediglich motivierende Verhaltensdispositionen, sondern Aufgaben, die zu erfüllen seien – zumal bei menschlichen Wesen. In diesem Verständnis entpuppen sich die Archetypen dann als »kollektiv vorhandene unbewußte Bedingungen, [...] welche als Regulatoren und Anreger der schöpferischen Phantasietätigkeit wirken und entsprechende Gestaltungen hervorrufen, indem sie das vorhandene Bewußtseinsmaterial ihren Zwecken dienstbar machen.«[68]

Mehr noch: in affektiver Hinsicht, d. h. dann, wenn Archetypen in ihrer numinosen, ergreifenden Wirkung gesehen werden, gewinnen sie, ebenso wie das subjektartig gekennzeichnete Unbewußte, aktivischen Charakter: »Als ein numinoser Faktor bestimmt der Archetypus die Art und den Ablauf der Gestaltung, mit einem anscheinenden Vorwissen oder im apriorischen Besitz des Zieles [...]«[69]

Diese Deutung der Archetypen ist handlungs- und motivationstheoretisch angelegt; Archetypen scheinen unbewußte Motivationsstrukturen menschlichen Handelns zu sein, die auf die gezielte Verwirklichung eines Zustandes drängen. Dieser stark teleologischen Sicht steht indessen die strukturelle Deutung der Archetypen entgegen. Demnach sind Archetypen nicht inhaltlich, sondern nur formal bedingt:

»Inhaltlich bestimmt ist ein Urbild nachweisbar nur, wenn es bewußt und daher mit dem Material bewußter Erfahrung ausgefüllt ist. Seine Form dagegen ist [...] etwa dem Achsensystem eines Kristalls zu vergleichen [...] Der Archetypus ist ein an sich leeres, formales Element, ist nichts anderes als eine ›facultas praeformandi‹, eine a priori gegebene Möglichkeit der Vorstellungsform. Vererbt werden nicht die Vorstellungen, sondern die Formen, welche in dieser Hinsicht genau den ebenfalls formal bestimmten Instinkten entsprechen [...] Ähnlich (einem Kristall, M.B.) gilt vom Archetypus: er kann im Prinzip benannt werden und besitzt einen invariablen Bedeutungskern, der stets nur im Prinzip, nie aber konkret seine Erscheinungsweise bestimmt.«[70]

Jungs Erläuterungen zum Begriff des Archetypus weisen zwei Schwierigkeiten auf: die seiner empirischen und damit wissenschaftlichen Tragfähigkeit und die seiner inneren Widerspruchsfreiheit. Das erste Problem scheint sich leicht lösen zu lassen. Die Frage nämlich, wie sich die Existenz solcher Archetypen beweisen lasse, ist nicht anders zu beantworten als die Frage nach der Wirklichkeit der Instinkte, die in der Biologie überall dort als Erklärungsmoment beansprucht werden, wo Lernen oder Außensteuerung empirisch nicht nachweisbar ist.

Das zweite Problem hingegen scheint, jedenfalls in der Formulierung, die ihm Jung gegeben hat, nicht auflösbar zu sein. *Einerseits* behauptet Jung, daß die Archetypen unbewußt handlungsmotivierende, ja geradezu nach der Erfüllung von Entwicklungsaufgaben drängende Strukturen seien, *andererseits* beharrt er darauf, daß die Archetypen selbst leere Formen seien. Wie aber sollen leere Formen, Strukturen in irgendeiner Weise handlungsmotivierend wirken? *Einerseits* räumt Jung – der Logik der Verwendung von »Form« entsprechend – ein, daß Archetypen der durch Erfahrung gewonnenen Inhalte bedürfen, *andererseits* stellt er unumwunden fest, daß der Archetypus einen invariablen Bedeutungskern besäße, ohne angeben zu können, worin er besteht. Ob diese Schwierigkeiten in der Sache liegen oder nur einer schludrigen Formulierung geschuldet sind, ist noch zu klären. Jung, der diese Schwierigkeiten genau gesehen hat, behalf sich vorläufig mit dem Hinweis, es sei undenkbar, »daß es irgendeine bestimmte Figur geben könnte, welche archetypische Unbestimmtheit ausdrückte.«[71] Insofern nämlich die Archetypen die Strukuren eines prinzipiell unermeßlichen Unbewußten, das sich in anderer Terminologie als Gott bezeichnen läßt, repräsentieren, sind sie ebenso unermeßlich und damit nicht endgültig beschreibbar und definierbar. Die vorläufige Lösung des Rätsels von struktureller Leere und handlungsmotivierender Bedeutung der Archetypen liegt in einer Prozessualisierung des Begriffs. Archetypen sind jene offenen Strukturen, die zur Schließung, zur Vollendung ihrer Gestalt drängen.

Für jeden Archetypus gilt, daß er unendlicher Entwicklung und Differenzierung fähig ist.[72] Dieser Umstand ist Jung in seiner klinischen Praxis bei der Beobachtung langer Serien von Patententräumen aufgefallen, bei denen die vermeintlichen situativen Kompensationsakte (d. h. Wunscherfüllungen im Freudschen Sinne) einem zusammenhängenden Muster entsprachen:

»Bei tieferer Einsicht und Erfahrung dagegen ordnen sich diese anscheinend einmaligen Kompensationsakte einer Art von Plan ein. Sie scheinen unter sich zusammenzuhängen und in tieferem Sinne einem gemeinsamen Ziel untergeordnet zu sein, so daß eine lange Traumserie nicht mehr als ein sinnloses Aneinanderreihen inkohärenter und einmaliger Geschehnisse erscheint, sondern als ein wie in planvollen Stufen verlaufender Entwicklungs- oder Ordnungsprozeß.«[73]

Diesen Prozeß, in dem sich scheinbar unzusammenhängende Momente zu einem sinnvollen Ganzen zusammenschließen, in dem aus einer eher diffusen Ansammlung von Symbolen ein geschlossener, als solcher identifizierbarer Sinnzusammenhang wird, bezeichnet Jung als »Individuationsprozeß« – ein Prozeß, den er selbst am deutlichsten in religionsgeschichtlichen Mythenbildungen, namentlich der Entwicklung zum Christentum, glaubt nachzeichnen zu können. In der Gestalt des einen Gottmenschen Jesus habe die Religionsgeschichte den allen Archetypen unterliegenden Selbstvollendungsprozeß ausgedrückt. Eine von der Unbestimmtheit zur Bestimmtheit fortschreitende Struktur läßt sich mit dem psychologischen Namen »Selbst« benennen, »welcher Begriff einerseits bestimmt genug ist, um einen Inbegriff menschlicher Ganzheit zu vermitteln, andererseits unbestimmt genug, um die Unbeschreiblichkeit und Unbestimmbarkeit der Ganzheit auszudrücken.«[74]

Die sich selbst vollendende Prozessualität der Archetypen ist das Ergebnis einer Hermeneutik des Traumes, die sich nicht – wie bei Freud – am Modell des geschriebenen Textes, sondern am Modell des gespielten Dramas orientiert. Träume, deren Sinn vor allem durch das »Aufnehmen des Kontextes« erschlossen wird und bei denen im Prinzip nicht anders verfahren wird »als bei der Dechiffrierung eines schwer lesbaren Textes«[75], folgen einem vierstufigen Aufbau. Einer *Exposition* mit Angabe des Ortes und der handelnden Personen folgt eine Phase der *Verwicklung*, die schließlich von einer Phase der *Kulmination*, also der krisenhaften Zuspitzung überboten wird. Endlich schließt die Traumsequenz mit der *Lösung*, d. h. dem durch die Traumarbeit erreichten Resultat. Diese zielgerichtete Struktur einzelner Träume scheint auf einmalige Ereignisse, Tagesreste oder Neurosen zurückzuweisen. Die von Jung programmatisch beanspruchte Analyse langer Traumreihen übernimmt nun das dramatische Schema zur Deutung einzelner kompensatorischer Träume und wird so einer Prozeßstruktur inne, die eben als »Individuation« gilt.

»Der Weg zum Ziel ist zunächst chaotisch und unabsehbar, und nur ganz allmählich mehren sich die Zeichen einer Zielgerichtetheit. Der Weg ist nicht geradlinig, sondern anscheinend zyklisch. Genauere Kenntnis hat ihn als Spirale erwiesen: die Traummotive kehren nach gewissen Intervallen immer wieder zu bestimmten Formen zurück, die ihrer Art nach ein Zentrum bezeichnen. Und zwar handelt es sich um einen Mittelpunkt oder um eine zentrierte Anordnung, die unter Umständen schon in den ersten Träumen auftritt. Die Träume als die Manifestationen unbewußter Vorgänge rotieren oder zirkumambulieren um die Mitte und nähern sich dieser mit immer deutlicheren und umfänglicheren Amplifikationen.«[76]

Indem Jung davon ausgeht, daß das Traummaterial, das einzelne Menschen während ihres Lebens- und Entwicklungsprozesses sehen, archetypischer Herkunft, d. h. kollektiver, überpersönlicher Art ist, kann er dem spekulativen Schluß nicht entgehen, daß sich durch die einzelnen Menschen hindurch das allgemeine archetypische Substrat, das »kollektive Unbewußte« individuiert, daß also – in religiöser Terminologie gesprochen – sich Gott im einzelnen Menschen, bzw. in seinem Bewußtsein und in seinem Unbewußten, offenbart und inkarniert. Dieser spekulative Überschuß der Tiefenpsychologie C.G. Jungs ist freilich kein zufälliger Bestandteil, der durch unachtsame Wahl von Begriffen oder Terminologien zustandegekommen und durch einige Richtigstellungen auf den Boden mehr oder minder gesicherter klinischer Forschung gestellt werden könnte. Jungs Metapsychologie, die auf den drei Begriffen des Unbewußten, des Archetypus und des Individuationsprozesses beruht, hat als Erbe und Vollendung der romantischen Theorien des Unbewußten die Begriffe des Unendlichen, des Unbestimmbaren und des Sich-Vollendenden in eine empirische, klinische Theorie und Praxis zu überführen gesucht. Die systematische Gleichsetzung von »unbestimmbar« mit »unendlich«, von »unendlich« mit »göttlich« und »göttlich« mit »subjekthaft« ließen den Rückgriff der Tiefenpsychologie auf die Religion unvermeidlich werden. Jungs Metapsychologie des Individuationsprozesses als eines sich im Lauf der Geschichte bestimmenden Unendlichen kann freilich weder für eine klinische noch für eine kulturtheoretische Hermeneutik zureichen. Um überhaupt als Erkenntnis- und Selbsterkenntnismittel zu wirken, muß die allgemeine Theorie der Archetypen sich auf die amplifizierende, d. h. vergleichende und verbreiternde morphologische und semantische Betrachtung konkreter Archetypen einlassen. Die Themen, an denen die Tiefenpsychologie C.G. Jungs ihre Begriffe und Terminologien erprobte, entstammten vor allem mythischem Material schriftloser Völker, der Bilderwelt hochkultureller Überlieferung wie der Sagenwelt Griechenlands, den Weltreligionen, den spekulativen Glaubenssystemen des Mittelalters, etwa der Alchemie und ihren volkstümlichen Varianten, den Märchen. Die behauptete Universalität der Archetypen hat freilich zur Folge, daß ihre Formen- und Bilderwelt in allen kulturellen Produktionen nachweisbar sein muß.

Und tatsächlich – auch die moderne oder, genauer gesagt, die postmoderne Kulturindustrie bringt immer wieder Werke hervor, auf die Jungs Theorie geradezu idealtypisch paßt.[77] Ein solches Werk, an dessen Bilderwelt im folgenden einige zentrale Begriffe der Archetypenlehre illustriert werden sollen, ist der 1992 erstmals aufgeführte Film *Batmans Rückkehr*, Regie: Tim Burton, der sowohl in den USA als auch in Deutschland ein Kassenrenner war.

In diesem auf einigen Charakteren der Comic-Reihe *Batman* beruhenden, extrem artifiziellen Film mit Michael Keaton, Michelle Pfeiffer und Danny de Vito wird die Geschichte eines Babys erzählt, das von seinen Eltern unmittelbar nach der Geburt in Gotham City ausgesetzt wird. Nachdem die Eltern das schwarze Körbchen mit dem Baby in einen reißenden Bach geworfen haben, werden wir nach einem Zeitsprung Zeugen eines politischen Wahlkampfes auf dem zentralen Platz von Gotham City, bei dem ein düster aussehender Edelgangster, Max Schreck, sich mit eigenen Interessen, ohne zu kandidieren, in den Wahlkampf einmischt. Plötzlich tauchen Gaukler auf, ein Kanaldeckel öffnet sich, das Baby des anwesenden Bürgermeisters verschwindet in dem Gully, um kurz darauf von einem eigentümlichen Wesen, dem »Pinguin«, einem kleinkindhaft plump ausssehenden Greis mit Bart und filzigem Haar, zurückgebracht zu werden. Der Pinguin trägt Zylinder und Frack und erinnert an eine Mischung aus sprichwörtlichem »Onkel Sam« und der Gestalt des »Ewigen Juden«. Der »Pinguin«, aus der Unterwelt der Abwässerkanäle aufgetaucht, erklärt in anrührenden Worten, die an Shakespeares »Shylock« erinnern, seinen Wunsch, endlich seine Identität, d. h. seine Herkunft und seine Eltern kennenlernen zu wollen. Die eigentümliche Gestalt heißt, so erfahren wir, deshalb »Pinguin«, weil das Körbchen, in dem das ausgesetzte Baby trieb, schließlich im Zoo von Gotham City landete und das Kleinkind von Pinguinen großgezogen wurde, von denen es unter anderem eine unüberwindliche Vorliebe für rohen Fisch erworben hat. In weiteren Einstellungen sehen wir, daß der »Pinguin« eine Mißgeburt ist, die statt Händen unter Handschuhen verborgene Klauen besitzt, die er immer wieder in merkwürdiger Weise, die an die Geste des Priestersegens im Judentum erinnern, spreizt. In Bibliotheken wälzt der »Pinguin« Genealogien, um endlich seinen Taufnamen, Oswald Cobblepot, zu finden – eine Identitätssuche, die schließlich mit dem Besuch am Grab seiner Eltern auf einem kleinen christlichen Friedhof abgeschlossen wird. Der spukig schöne Gangster Max Schreck, der kurz zuvor seine Sekretärin, die ihm auf die Schliche gekommen war, ermordet hatte, indem er sie aus dem Fenster warf, beschließt, Cobblepot zum Präsidentschaftskandidaten zu stylen. Schrecks Sekretärin, die tot auf dem Pflaster liegt, wird von hunderten von Katzen, die aus allen Winkeln herbeistreunen, berochen, bestiegen und beleckt, um davon aus ihrem Todesschlummer zu erwachen, in ihre kleinbürgerliche Wohnung zu gehen, dort alles kurz und klein zu schlagen, ihre Stofftiere zu zerstören und sich schließlich aus einem Gummimantel den Catsuit, ein hauteng anliegendes Katzenkostüm mit eingenähten Krallen zu fertigen. Sie ist von jetzt ab Catwoman, deren Leben der blutigen Rache an Max Schreck, aber auch an allen Männern, die Frauen belästigen, gewidmet ist. Neben alledem wacht ein reicher Privatmann über Gotham City, der mit einem Butler in einem riesigen, unterkellerten Landhaus lebt und gelegentlich, wenn Gefahr droht, ein Fledermauskostüm anlegt, dessen technische Besonderheiten ihn besonders kampftüchtig machen. Dieser Batman, der auch sonst mit seinem fliegenden Batmobil über Gotham City wacht, wird in den jetzt ausbrechenden Kampf zwischen dem »Pinguin«, der Stadtregierung, Catwoman und Max Schreck verwickelt. Als es Max Schreck in einer der schrecklichsten Szenen des Films gelingt, den sich sträubenden »Pinguin« öffentlich vor laufenden Kameras mit einem rohen Fisch zur Präsidentschaftskanditatur zu verführen, nimmt das Unheil seinen Lauf. Aus dem identitätsheischenden Sonderling aus dem Wasservogelgehege wird nun ein ebenso charismatischer wie bedrohlicher Politiker, der auf seinen Wahlplakaten im gelben Lichtkegel genauso dargestellt wird wie der drähteziehende jüdische Plutokrat auf den Hetzplakaten der Nationalsozialisten.

3. Die verschiedenen Archetypen

a) Anima und Animus

Die Tiefenpsychologie als klinische Disziplin hat es mit dem Verstehen und der Heilung der erkrankten Seele zu tun. Jungs Artikulationsmodell der Träume setzt zudem voraus, daß die wesentlichen Themen und Probleme des menschlichen Entwicklungsprozesses den Patienten in symbolischer, archetypischer Form bekannt sind. Das, worum es bei psychotherapeutischen Prozessen geht, die (erkrankte) Seele, wird sich daher auch als solche archetypisch im Unbewußten repräsentieren und zwar als Anima, d. h. als Typus aller Erfahrungen der Ahnenreihe am weiblichen Wesen, als Niederschlag aller Eindrücke vom Weibe, als vererbtes psychisches Anpassungssystem.[78]

Die Anima als Faktor des individuellen Seelenlebens »ist immer das Apriori von Stimmungen, Reaktionen, Impulsen und was es sonst an psychischen Spontaneitäten gibt. Sie ist ein Lebendes aus sich, das uns leben macht; ein Leben hinter dem Bewußtsein, das nicht restlos integriert werden kann, sondern aus dem letzteres im Gegenteil eher hervorgeht.«[79]

Die Seele als Bild in Gestalt einer Frau ist zunächst »eine Darstellung der Minderheit der weiblichen Gene in einem männlichen Körper«[80], die sich als typisch männlich erweist, weil sie im Traummaterial von Frauen nicht erscheint. Umgekehrt erfahren Frauen in ihren Träumen bisweilen das Auftreten einer männlichen Gestalt, die komplementäre Züge trägt. Damit erweist sich die Anima als die Repräsentation des Weiblichen im männlichen Unbewußten und der Animus als die Repräsentation des Männlichen im weiblichen Unbewußten. In beiden Gestalten haben sich komplementäre Formen der Unvernunft verdichtet – die Anima verursacht unlogische Launen, der Animus aufreizende Gemeinplätze und unvernünftige Meinungen.[81] Die Bilder, in denen diese Komplementarität im mythischen Material der Menschheit erscheint, sind die göttlichen Paare, die etwa die gnostischen Religionen an den Anfang ihrer Schöpfungsberichte setzen. In *Batmans Rückkehr* taucht das polare Paar von Mann und Frau zweimal auf. Einmal als jene stets schwarz gekleideten Rabeneltern, die ihr Kind aussetzen und das zweite Mal als das Paar Wissenschaftler/Sekretärin, das meist nachts zu der sich befehdenden und bekämpfenden Zweiheit von Batman und Catwoman wird. Im Alltag ist Catwoman eine immer wieder auferstehende, für ihren Chef nervige und bedrohliche, bisweilen schlampige Frau, die aber sonst – vor allem gegenüber dem Mann, der bisweilen Batman ist, verführerisch erotische Qualitäten an den Tag legen kann. Sie entspricht damit in allen Hinsichten den Kriterien einer Jungschen Anima. Ein ähnlich launische männliche Gestalt spielt hier keine Rolle – es sei denn, man wollte Batmans zwar seriöses, aber auch wichtigtuerisches Auftreten als reicher Privatmann aus systematischen Gründen als Animus identifizieren. Im übrigen ist mit der Identifizierung von Catwoman als Anima und von Batman als möglichem Animus eine systematische Vorentscheidung getroffen worden. Indem einzelne Gestalten eines Kunstwerkes, einer beliebigen Erzählung oder eines Bildes als jungsche Archetypen bezeichnet werden, bedeutet das zugleich, eine ganze Geschichte entweder als innerpsychischen Prozeß eines Individuums oder als die psychischen Aspekte kollektiver, etwa politischer Entwicklungen zu analysieren. Aber nicht nur Kunst und Kultur sind für Jung ein unerschöpfliches Reservoir von Archetypen, auch die Formen und Gestalten der menschlichen Lebenswelt sind dieser Theorie gemäß reich an tieferem Sinn.

Entsprechend groß ist für Jung die Bedeutung des Elternpaares im individuellen kindlichen Entwicklungsprozeß. Während in der freudschen Psychoanalyse das Elternpaar mitsamt seinen ödipalen Weiterungen der Ursprung und die Ursache dieser Mythen sind, sieht Jung dieses Verhältnis umgekehrt. Weil auch das Bewußtsein neugeborener Kinder keine Tabula rasa, sondern mit dem Archetypus von polaren Gegensätzen begabt ist, ist das Elternpaar, die Elternimago einerseits vertraut, während die Eltern als konkrete Menschen zugleich die unbekanntesten Personen sind. Oswald Cobblepots Suche nach seinen Eltern illustriert diesen Gedanken drastisch. Daß ihre Identität schließlich in Stein, eben auf einem Grabstein, verewigt ist, läßt sich auch als Hinweis darauf lesen, daß die Suche nach Identität erst mit dem Tod beendet ist.

Die Komplementarität von Animus und Anima erschöpft sich aber keineswegs im Elternpaar. Zudem gilt: Die unbekannten Anteile der eigenen Seele sind auch dann nicht fixiert, wenn die Eltern endlich erkannt sind. Über den Archetypus des Elternpaares hinaus verselbständigen sich die Bestandteile dieser Konfiguration und verdichten sich – im griechischen Mythos in Gestalt von Zauberinnen wie Circe und Kalypso, in *Batmans Rückkehr* in Gestalt der nachts durch die Stadt streunenden Catwoman bzw. der umherschweifenden ruhelosen Helden – wie etwa dem »Fliegenden Holländer« – oder eben Batman, der trotz seines Reichtums keine Ruhe finden kann und nächtens im Dschungel der Großstadt mit Verbrechern kämpfen muß.

Die Auseinandersetzung mit der jeweils komplementären heterosexuellen Elterngestalt, d. h. für Männer vor allem die Ablösung von der durch die eigene Mutter verkörperten Anima, ist die zentrale Entwicklungsaufgabe, die (männliche) Heranwachsende um ihrer eigenen Geschlechtsrollenidentität zu leisten haben – freilich derart, daß ein Teil dieses Archetypus bewahrt wird.

Im übrigen findet das Jung stark beschäftigende Problem der Homosexualität so die ihm entsprechende Interpretation – Homosexualität erweist sich weniger als pathologische Perversion denn als unvollständige Ablösung eines hermaphroditischen Archetypus, in dem die Polarität von Animus und Anima in einer Gestalt erscheint. Die entwicklungspsychologisch gebotene Distanzierung des heranwachsenden Mannes von der Anima ist jedoch im weiteren Lauf des Lebens in gewisser Weise wieder rückgängig zu machen – ist es doch die Anima, der weibliche Anteil im Manne, die Spontaneität und Vitalität garantiert:

»Nach der Lebensmitte hingegen bedeutet dauernder Animaverlust eine zunehmende Einbuße an Lebendigkeit, Flexibilität und Menschlichkeit. Es entsteht in der Regel frühzeitige Erstarrung, wenn nicht Verkalkung, Stereotypie, fanatische Einseitigkeit, Eigensinnigkeit, Prinzipienreiterei oder das Gegenteil: Resignation, Müdigkeit, Schlamperei, Unverantwortlichkeit und schließlich […] Neigung zu Alkohol.«[82]

Die Geschichte des Oswald Cobblepot in *Batmans Rückkehr* zeichnet sich dadurch aus, daß dem negativen Helden des Films die Chance und Herausforderung dieser Ablösung durch seine frühe Verstoßung ein für allemal genommen wurde. Seine Beziehungen zu anderen mißlingen – die Menschen sind ihm entweder – wie die Gaukler (ebenfalls Repräsentanten einer unsteten, launischen und verspielten Anima, die hier freilich nicht als klares Gegensatzpaar, sondern charakteristischerweise als diffuse männlich/weibliche Truppe auftritt) – zu Diensten, oder – wie Catwoman – zwar verwandt, aber nie wirklich nahe. Auf Oswald Cobblepot, dessen beste Freunde die Pinguine sind, trifft die Beschreibung eines nach der Lebensmitte seelisch verarmten Menschen durchaus zu. Die Zerrissenheit dieser Gestalt wird im übrigen auch an ihrem Namen deutlich – Cobblepot bedeutet »Geflickter«. Die Suche Cobblepots nach seinen Eltern ließe sich so auch als die Suche eines emotional verarmten Menschen nach einer lebendigen Seele interpretieren.

Heute läßt sich indessen nicht mehr übersehen, daß Jungs Polarität männlicher und weiblicher Eigenschaften erheblich von zeitbedingten, historisch eher zufälligen Geschlechtsrollenstereotypen gekennzeichnet ist. Zudem stehen bei ihm in auffälliger Weise Probleme des männlichen Unbewußten mitsamt seiner Erlösungsbedürftigkeit durch das Weibliche im Mittelpunkt. Dieses Ungleichgewicht hat feministische Kritik auch dort problematisiert, wo sie mit Verfahren und Grundannahmen dieser Art von Tiefenpsychologie im Prinzip einverstanden ist.[83]

b) Schatten

Wenn sich die Seele als Ganzes in den Gestalten von Animus und Anima verdichtet, der psychotherapeutische und psychoanalytische Prozeß aber in einer Reflexion des Bewußtseins auf sein eigenes Unbewußtes besteht, dann ist auch dieser Prozeß auf eine bildhafte Artikulation verwiesen, auf ein Bild der Begegnung des Menschen mit seinem Unbewußten. Während die Seele in all ihrer affektiven Unbestimmtheit als Mann oder Frau erscheint, steht für die Grenzenlosigkeit und Tiefe, für die Abgründigkeit aber auch die mögliche Transparenz des Unbewußten der Archetypus des Wassers.

Das Wasser spielt in *Batmans Rückkehr* eine besondere Rolle. Die Aussetzung des kleinen Oswald geschieht auf einem reißenden Bach, er selbst wird an einem unterirdischen Teich von Wasservögeln aufgezogen, die schwimmen und gehen, aber nicht fliegen können, sein Fahrzeug auf den unterirdischen Bächen ist eine riesige Badewannenente und seine Lieblingsspeise Fisch.

Die Oberfläche des abgründigen Wassers jedoch fungiert als Spiegel, so daß der tiefenpsychologische Prozeß der Selbstbegegnung mit einer Konfrontation des ungeschönten Bildes mit sich selbst beginnt. Diese Selbstbegegnung ist erst dann möglich, wenn der Hang zur Projektion alles Abgelehnten, alles Negativen auf die Umgebung eingeschränkt und der Mensch in der Lage ist, seine eigenen – an und für sich abgelehnten Seiten – anzunehmen. Diesem klassischen Muster versagt sich *Batmans Rückkehr* – die Geschichte des Oswald Cobblepot ist vielmehr die Geschichte einer mißglückenden Bewußtseinsentstehung, die Erzählung davon, wie ein Individuum, das keine psychische Struktur aufbauen konnte, sich bemüht, dem Abgrund des Unbewußten zu entfliehen und an die Oberfläche zu kommen.

Der Prozeß der ausbleibenden therapeutischen Selbstbegegnung wird in *Batmans Rückkehr* an dem komplizierten Verhältnis des Gentlemanverbrechers Max Schreck zu Oswald Cobblepot deutlich. Schreck versucht, den abgelehnten und gefürchteten Cobblepot strategisch in Dienst zu nehmen – an die Stelle einer Kommunikation tritt eine Verführung. Wenn man Cobblepot als den Schatten des mord- und machtgierigen Schreck ansieht, bietet der Film eine mögliche Interpretation dafür, wie sich das, was die freudianische Psychoanalyse als narzißtische Störung bezeichnet, in der Theorie der Archetypen abbilden läßt.

Die abgelehnten Seiten der eigenen Persönlichkeit erscheinen bei Jung als Archetypus des Schattens – literarisch ist etwa an die Gestalt des Teufels, des Versuchers Jesu oder auch des Mephisto in Goethes *Faust* zu denken, im alltäglichen Traummaterial treten die Schatten als gleichgeschlechtliche Gestalten mit moralisch verwerflichen Eigenschaften auf. Für *Batmans Rückkehr* gilt: Der Schatten einer kalten, machtgierigen Persönlichkeit ist ein greisenhaftes, elternloses, den Mächten des Unbewußten nahes, auf Tod, Zerstörung und Blut sinnendes Baby.

Den Schatten als die dunkle Seite der Seele annehmen und damit auf einfache moralische Lösungen und Verurteilungen verzichten zu können, setzt die Einsicht in die begrenzten Fähigkeiten der eigenen Person voraus, die Erkenntnis, daß die Menschen nicht die Herren ihres eigenen Schicksals sind. Die schmerzliche Einsicht, daß die eigenen abgelehnten Seiten, also jene Faktoren, die außerhalb des autonomen moralischen Bewußtseins stehen, geradezu eine eigene Autonomie besitzen, erfordert besondere Tapferkeit und große moralische Entschlossenheit. Der Mut, der Erkenntnis standzuhalten, daß man als Mensch stets im Griff eines nicht letztlich beherrschbaren, partiell dämonischen Seelenanteils lebt, ist für Jung die unabdingbare Voraussetzung für beinahe alle in der Moderne existierenden Weltprobleme.

Der Schatten ist aber mehr als ein ungeliebter, wenn schon nicht beherrschbarer, so doch kontrollbedürftiger Teil der Seele. Der Schatten ist zugleich jene Hälfte, die den Menschen selbst ganz sein läßt, jener Teil, ohne den die menschliche Existenz gleichsam amputiert wäre:

»Eine dunkle Ahnung sagt uns, daß wir ja nicht ganz sind ohne dieses Negative, daß wir einen Körper haben, der, wie der Körper überhaupt, unweigerlich einen Schatten wirft, und daß wir diesen Körper leugnen. Dieser Körper aber ist ein Tier mit einer Tierseele, d. h. ein dem Trieb unbedingt gehorchendes, lebendes System. Mit diesem Schatten sich zu vereinigen, heißt Ja sagen zum Trieb und damit auch Ja zu jener ungeheuerlichen Dynamik, welche im Hintergrund droht.«[84]

Max Schreck verhält sich zu Cobblepot keineswegs so. Er lehnt – verständlicherweise – die eigentümlichen Zuwendungs- und Nahrungswünsche des vogelartigen Pinguins ab und kontrolliert sie, indem er sie in seine Dienste stellt. Ansonsten verachtet er diesen kindlich greisenhaften, habgierigen, unansehnlichen Krüppel. Er lehnt also die Annahme seines verkrüppelten Schattens ab und kann daher auch zu keinem Frieden mit sich gelangen, sondern bleibt weiterhin auf Mord und Machterwerb fixiert.

Freilich läßt sich das Motiv des Schattens auch noch an Batman und Catwoman aufweisen. Beide Gestalten führen ein geradezu klassisches Doppelleben, das zu vereinigen ihnen aber mißlingt, sei es im Selbstbezug, sei es in der Beziehung zu anderen. Als gegen Ende des Films Batman Catwoman, mit der er im zivilen täglichen Leben einen heftigen Flirt hatte, um Versöhnung bittet und sich dabei seine Fledermauskappe vom Kopf reißt, kann Catwoman es ihm nicht gleichtun. Trotz Batmans Aussage, daß beide zerrissen seien, gelingt es ihr nicht, ihre Maskierung aufzuheben, sie mit ihrer täglichen Gestalt zu versöhnen und damit eine menschliche Beziehung aufzunehmen. Bei der Betrachtung der Unfähigkeit von Batman und Catwoman, zueinander zu finden, die abgespaltenen Teile miteinander zu versöhnen, werden wir Zeugen der Schwierigkeit der Annahme des eigenen Schattens. In der letzten Einstellung des Films sehen wir Catwoman in ihrem Catsuit im Profil auf einem nächtlichen Dach, während irgendwo in der Stadt das Batmansymbol an den Himmel projiziert wird. Die weibliche Seele bleibt unerlöst und ruhelos, während der Schattenriß einer Fledermaus, mit einem Scheinwerfer an den Himmel geworfen, wenigstens Gerechtigkeit verheißt. Auch *Batmans Rückkehr* vermag das klassische Stereotyp von Männern und Frauen nicht aufzuheben.

In der Theorie des Schattens schlägt Jungs lebensgeschichtliches Grundmotiv, die sinnhafte Integration abgespaltener, als sinnlos oder unmoralisch denunzierter Teile der eigenen Persönlichkeit, wohl am stärksten durch. Die Konnotation des Schattens mit dem Tierhaften kann aber die Beunruhigung über eine autonom fungierende Sexualität nicht verbergen, sondern bringt sie – im Gegenteil – erst deutlich zum Ausdruck. Das autonome Wirken eines als tier- und triebhaft, d. h. als sexuell bestimmten Schattens steht aber im Widerspruch zu Jungs kulturalistischer Sexualtheorie, die die Geschlechtlichkeit eher als polares Deutungsmuster einer im Prinzip nicht sexuellen allgemeinen Libido, denn als letzte Triebkraft allen Handelns ansieht. Was Jung an Freud abstieß, sein vermeintlicher Pansexualismus, ist in seiner Theorie auf den Archetypus des Schattens verschoben worden. Ob Jung bei seinen Angriffen auf Freud nicht seinen eigenen Schatten bekämpfte?

c) Selbst

Die Anerkennung und Annahme fremd wirkender psychischer Elemente wie des Schattens und der Anima, die Assimilation abgewehrter Persönlichkeitsseiten durch das Ich und die so erfolgende Herstellung einer Ganzheit führt zu einer neuen Gestalt, dem Selbst. Das Selbst ist die Einheit und Ganzheit der Gesamtpersönlichkeit, der Gesamtumfang aller psychischen Phänomene im Menschen. Es enthält bewußte und unbewußte Anteile, umfaßt Erfahrbares, Unerfahrbares und noch nicht Erfahrenes. Im symbolischen Material von Kulturen und Individuen erscheint es als übergeordnete Persönlichkeit, als König, Held, Prophet, oder Heiland bzw. als Ganzheitssymbol wie Kreis, Kreuz oder Quadrat.[85] Zugleich stellt sich das Selbst immer in der Spannung von Aktualität und Potentialität dar, d. h. als Einheit eines gegenwärtigen Entwicklungsstadiums sowie des angestrebten Endpunktes eines auch im einzelnen Menschen angelegten Individuationsprozesses. Demgemäß kann es im Bild äußerster Schwäche und Gebrechlichkeit ebenso auftreten wie in Gestalt heilender und helfender Personen. Alle Bilder, die durch ein deutliches Gefälle von Peripherie und Zentrum geprägt sind, eignen sich zur Symbolisierung des Selbst.

Die Gestalt des Oswald Cobblepot, die nicht nur im Zentrum des Filmes *Batmans Rückkehr* steht, sondern immer wieder *inmitten* von Plätzen, im Brennpunkt einer unterirdischen Wasserarena und als Herz einer Gruppe von Gauklern und Pinguinen auftritt, entspricht diesem Archetypus schon in formaler Hinsicht. Aber auch thematisch entspricht der »Pinguin« in vielem Jungs Konzeption des Selbst. Als greisenhaftes, körperlich gebrechliches Geschöpf, das sich auf einem Kinderspielzeug fortbewegt, dazu vor allem an der Erkenntnis seiner Identität interessiert ist, umfaßt die Gestalt die Spannweite zwischen Aktualität und Potentialität, steht sie in jenem Entwicklungsprozeß, der für jedes Selbst typisch ist. Die immerwährenden Bewegungen zwischen Untergrund und Oberfläche, zwischen unterirdischem Wasserreservoir und oberirdischem Pflaster, zwischen unklarer Herkunft und mächtiger Zukunft lassen im Rahmen dieser Theorie den Schluß zu, daß Cobblepot ein Archetypus des Selbst ist. Freilich der eines Selbst, dessen Individuationsprozeß grausam mißlingen, steckenbleiben wird.

d) Kind

Das vergreiste Kind Cobblepot weist im Kontext der neunziger Jahre des 20. Jahrhunderts nicht nur auf eine tiefe innere Verlassenheit, auf eine abgründige Zukunftslosigkeit, sondern auch auf das Scheitern der Autonomie. »Kind«, so führt Jung aus,

> »bedeutet etwas zur Selbständigkeit Erwachsendes. Es kann nicht werden ohne Loslösung vom Ursprung: die Verlassenheit ist daher notwendige Bedingung, nicht nur Begleiterscheinung. Der Konflikt wird nicht dadurch überwunden, daß das Bewußtsein den Gegensätzen verhaftet bleibt; deshalb bedarf es eines Symbols, das ihm die Notwendigkeit der Loslösung vom Ursprung zeigt. Indem das Symbol des »Kindes« das Bewußtsein fasziniert und ergreift, tritt die erlösende Wirkung ins Bewußtsein über und vollführt jene Abtrennung von der Konfliktsituation, deren das Bewußtsein nicht fähig war. Das Symbol ist Antizipation einer erst werdende Bewußtseinslage.«[86]

Der Archetypus des Kindes ist nach Jung durch die Komponenten der Verlassenheit, der Unüberwindlichkeit, des Hermaphroditismus und des Endes definiert. Im mythischen Material, etwa in der Kindheitsgeschichte des Moses oder Jesu, obsiegt das kleine und schwache Kind trotz der mächtigen Bedränger, die ihm nach dem Leben trachten. Das Kind steht dem Ursprung, der archetypischen Sphäre selbst nahe und gewinnt genau dadurch seine Kraft, die es ihm ermöglicht, allen Verfolgungen zu entgehen. Oswald Cobblepot, der wie Moses in einem Korb ausgesetzt wurde, überlebte mit Hilfe der Wasservögel, der Wesen also, die dem Unbewußten nahestehen. Sein Versuch freilich, sich gegen den Widerstand anderer Kräfte an der Oberfläche, am Bewußtsein zu halten, scheitert. Kränkungen und Zurückstoßungen, eine gescheiterte Präsidentschaftskandidatur führen ihn zur Mobilisierung einer mit Raketen bewaffneten Pinguinarmee und zu der Erklärung, alle erstgeborenen Kinder der Bewohner von Gotham City umzubringen, bzw. als Geiseln nehmen zu wollen. Cobblepot und seine Armee unsteter Gaukler und Pinguine ist solange unüberwindlich, wie sie sich auf ihre eigenen natürlichen und magischen Kräfte verläßt – in dem Augenblick, in dem sie zu technischen Mitteln, zu elektronisch gestützten Raketen greifen, wächst die Störanfälligkeit und Selbstdestruktivität des Systems. Batman kann von seinem unterirdischen Bunker die Lenksysteme per Funk zerstören, die Pinguine kehren in den Untergrund zurück, nach einer letzten Ansprache an die Tiere stirbt Cobblepot und wird von ihnen zu Grabe, d. h. ins dunkle Wasser geleitet. Indem Cobblepot in äußerster Erbitterung androht, die erstgeborenen Kinder der Bewohner von Gotham City zu töten, übernimmt er ein mythologisches Motiv der Hebräischen Bibel. Kurz vor dem Exodus – so wird dort erzählt – brachte

Gott selbst die erstgeborenen Kinder der Ägypter mit dem Ziel um, Pharao zu bewegen, die Kinder Israels ziehen zu lassen. Das greisenhafte Kind, das selbst morden will, weist so auf eine Umkehrung des Kindarchetypus hin. So wenig es dem »Pinguin« gelingt, aus der Sphäre des abgründigen Unbewußten an die Oberfläche, d. h. zum Bewußtsein zu gelangen, so wenig kann er die eigene Verlassenheit überwinden und muß deshalb die Verlassenheit anderer Kinder bis ins Extrem steigern.

Das ungeschiedene, zukunftsoffene Moment des Kindarchetypus glaubt Jung auch in der erotischen Ambivalenz des Kindes zu sehen, in seinem keineswegs eindeutig männlichen oder weiblichen, sondern eben kindlichen Liebreiz. Mit diesem kindlichen Eros, der männliche und weibliche Komponenten ungeschieden in sich enthält, wird das Kind zum Symbol der Einheit der Persönlichkeit, in dem später einmal der Konflikt der Gegensätze zur Ruhe kommen soll. Dieser Bedeutungszuweisung scheint sich die Filmgestalt des bärtigen, mit Zylinder und Frack gekleideten »Pinguin« zu entziehen. Bart, Zylinder, Stock und Frack sind eindeutig männliche Begleitsymbole, so daß jeder Verweis auf Hermaphroditismus müßig erscheint, im Gegenteil – die phallische Konnotation dieser Utensilien ist eindeutig. Ob die Pinguine darüber hinaus mit ihrer konischen Gestalt ebenfalls auf den Phallus hinweisen wie die Delphine in der antiken Mythologie, soll hier offen bleiben. Doch *Batmans Rückkehr* schildert einen fehlgeschlagenen Individuationsprozeß, alle Figuren scheitern daran, ihre Anteile miteinander zu versöhnen oder zu integrieren und so ist es nicht verwunderlich, daß der hier auftretende Kindheitsarchetypus im Kern zerstört ist. Allein die Begleitung des Pinguin – die Gauklertruppe – bewahrt etwas von diesem klassischen Hermaphroditismus. Unter den

Gauklern findet sich eine meist passiv beobachtende, berükkend schöne Frau, während die Männer mit ihren weiß geschminkten Gesichtern Erotik ausstrahlen, ohne indessen mit ihren bunten Pumphosen und farbigen Bändern maskulin zu wirken. Die Gaukler, die zugleich Clowns sind, weisen darüber hinaus die Figur des archetypischen Betrügers, dem es auch in den Mythen der Völker immer wieder gelingt, die Macht zu überlisten. Freilich ist dieser Zug Cobblepots eher schwach ausgebildet und muß letztlich scheitern.[87] Die Pinguine mit ihren Stummelflügeln, ihrem Watschelgang und ihrer kleinen Gestalt erinnern an Kinder, entziehen sich aber als Vögel jeder Geschlechtsrollenzuschreibung, sind also noch nicht einmal hermaphroditisch.

Im mythischen Material der Antike findet sich die Gestalt eines Genius der Abgeschiedenen, der schließlich »im kindlichen Reigen eines neuen Lebens wieder erscheint, umgeben von den Meergestalten der Delphine und Seegötter.«[88] Damit erkennt Jung im Kind Anfang und Ende, das vorbewußte und das nachbewußte Wesen des Menschen. In dieser Vorstellung komme das Wesen der seelischen Ganzheit zum Ausdruck:

»Die Ganzheit besteht ja niemals im Umfang des Bewußten, sondern schließt die unbestimmte und unbestimmbare Ausdehnung des Unbewußten mit ein. Die Ganzheit ist daher empirisch von unabsehbarer Erstreckung, älter und jünger als das Bewußtsein [...]«[89]

Die Idee von der Ganzheit eines Lebens enthält in verdichteter Form die Urerfahrung der Menschheit:

»Das rings von psychischen Mächten beschützte, getragene oder bedrohte und betrogene Bewußtsein ist Urerfahrung der Menschheit. Diese Erfahrung hat sich projiziert im Archetypus des Kindes, welches die Ganzheit des Menschen ausdrückt. Es ist das Verlassene und Ausgelieferte und zugleich das Göttlich-Mächtige, der unansehnliche, zweifelhafte Anfang und das triumphierende Ende.«[90]

Gegen Ende des 20. Jahrhunderts, eines Jahrhunderts also, das in noch nie zuvor erfahrenem Ausmaß von Enttäuschungen und globalem Zukunftsverlust gekennzeichnet ist, vermag der Archetypus des Kindes das Element des »triumphierenden Endes« nicht mehr zu präsentieren. Wo in Stanley Kubricks *2001 – Odyssee im Weltraum* als letzte Einstellung des Films auf überlebensgroßer Breitwand ein Embryo vor dem Hintergrund des Weltraums erscheint, wird in *Batmans Rückkehr* das greise Kind dem dunklen Wasser des Vergessens übergeben. Die Gestalten des Meeres, die in der griechischen Sage das göttliche Kind trugen, die Delphine, mutieren am Ende unseres Jahrhunderts zu plumpen und drolligen Vögeln, zu Pinguinen eben, die bei aller Possierlichkeit im Vergleich zu den geschmeidigen Meeressäugern nur von begrenzter und täppischer Beweglichkeit sind. Wo früher reißende Ströme, sanfte Weiher und das wilde offene Meer für jenen Bereich des Unbewußten standen, dem das Kind noch nahe war, hat Gotham City nur noch ein unterirdisches Kanalsystem sowie einen künstlichen Weiher im Zoo zu bieten.

e) Mutter

Diese hier zutage tretende ausdrucksstarke Verwandlung und Transformation mythischen Materials in der populären Kultur kann freilich für eine systematische Theorie der Archetypen nicht ohne Folgen bleiben. Offenbar vermögen historische und gesellschaftliche Erfahrungen die Archetypen so stark zu verändern, daß sie sich kaum noch gleichen. Jung hat dies gewußt, aber, da er sich vor allem mit Mythen und kaum mit Kunst und Kultur befaßte, nur sehr allgemein artikuliert:

»Kein Archetypus läßt sich auf eine einfache Formel bringen. Er ist ein Gefäß, das man nie leeren und nie füllen kann. Er existiert an sich nur potentiell, und wenn er sich einen Stoff gestaltet, so ist er nicht mehr das, was er vorher war. Er beharrt durch die Jahrtausende und verlangt doch immer neue Deutung. Die Archetypen sind die unerschütterlichen Elemente des Unbewußten, aber sie wandeln ihre Gestalt beständig.«[91]

Die entscheidende Aussage – auch bezüglich der Deutbarkeit und Deutungsbedürftigkeit der Archetypen – lautet, daß sie sich selbst wandeln und tätig einen Stoff gestalten. Damit erweisen sich die Archetypen als die wahren Subjekte der menschlichen Geschichte. Der Gang der Menschheit vom Ursprung zum Selbst im Prozeß der Individuation ist zugleich der des archetypischen Individuationsprozesses, dessen Subjekt Gott und dessen Ursprung der Archetypus der Mutter ist. Dieser ist in seiner kaum noch übersehbaren Vielförmigkeit in den Mythen der Völker als »Weiße Frau«, als Mutter Gottes oder als Demeter bekannt, konfrontiert sich den Menschen in ihrer persönlichen Biographie als Stiefmutter, Mutter oder Amme, vermag aber auch geographische, institutionelle Gestalten anzunehmen wie »die Kirche«, »die Universität«, die im mittelalterlichen Latein ja auch als Alma mater bezeichnet wird, als himmlisches Jerusalem, Brunnen, Hexe oder großer Drache. Die Eigenschaften, durch die diese Familie von Prägungen eines Archetypus verbunden ist, sind die des Mütterlichen schlechthin:

»die magische Autorität des Weiblichen, die Weisheit und geistige Höhe jenseits des Verstandes; das Gütige, Hegende, Tragende, Wachstum- Fruchtbarkeit- und Nahrungspendende [...] der hilfreiche Instinkt oder Impuls; das Geheime, Verborgene, das Finstere, der Abgrund, die Totenwelt, das Verschlingende, Verführende und Vergiftende, das Angsterregende und Unentrinnbare.«[92]

Der Mutterarchetypus ist die Grundlage des Mutterkomplexes, der sich bei Söhnen und Töchtern unterschiedlich auswirkt – der bei Männern die Ursache von Homosexualität und Don Juanismus, bei Frauen hingegen eine im Prinzip unkomplizierte Verstärkung der weiblichen Instinkte hervorrufen kann.

Der Mutterkomplex, der in der Entwicklung als Einbruch eines Fremden und Beängstigenden erlebt wird, Jung hat dies in seiner eigenen Biographie immer wieder erfahren[93], kann positive und negative Aspekte, Über- und Unteridentifikationen mit dieser Form des Weiblichen zur Folge haben. Überidentifikation und Abwehr mit der Mutter, bei Männern anders ausgeprägt als bei Frauen, lassen so eine Typologie psychischer Krankheitsbilder entstehen, die genaugenommen Jungs Pendant zur Freudschen Neurosenlehre darstellen. Die auf eigener Lebenserfahrung und traditionalen Vorurteilen beruhende Lehre von der schwierigen Auseinandersetzung mit eigenen weiblichen Anteilen verdichtet sich dann zu einem Frauenbild, dem heute nicht mehr zugestimmt werden kann. Jung kennt einen negativen Mutterkomplex, also die ablehnende Haltung von Frauen gegenüber dem in ihnen wirkenden Mysterium. Frauen, die ihre eigenen mütterlichen archetypischen Anteile ablehnen, seien dann vor allem schlechte Gattinnen:

»Als pathologische Erscheinung ist diese Frau eine unangenehme, anspruchsvolle und wenig befriedigende Gefährtin des Mannes, da ja ihr ganzes Streben ein Sichsträuben ist gegen alles, was aus dem natürlichen Urgrund quillt. Es steht aber nirgends geschrieben, daß steigende Lebenserfahrung sie nicht eines besseren belehrt [...]«[94]

Es ist bezeichnend, daß in *Batmans Rückkehr*, außer Catwoman und einigen Gauklerinnen, Frauen nur am Rande vorkommen, z. B. als hysterische Rabenmutter, daneben gibt es archetypische Bilder des Mütterlichen – die große Stadt Gotham City, unterirdische Teiche und hochtechnisierte Keller. Wenn überhaupt, erscheint der Archetypus der Mutter nur noch als Erinnerung, als Abwesenheit, als Fehlen – nicht als Leere – oder als dunkles Grauen. Die Mutter als »psychische Vorbedingung« eines Kindes entfällt, womit auch der beginnende Individuationsprozeß, der Aufstieg aus dem Unbewußten zum Bewußten gestört und zum Scheitern verurteilt ist. Oswald Cobblepot wird nach dem vergeblichen Versuch, in der oberen Welt zu Identität, Anerkennung und Macht zu gelangen, in das Reich der schwarzen Kanäle und der Pinguine zurückkehren, um dort zu sterben. Wenn am Anfang eines Lebens die Verstoßung durch eine eitle und lieblose Mutter steht, muß der Individuationsprozeß scheitern. Die Rückkehr zur Mutter fällt dann mit dem Gang in den Tod zusammen.

Derartige Erfahrungen in der neuesten kulturellen Bilderwelt stehen in einem gewissen Gegensatz zu Jungs genialer Interpretation des im Jahre 1950 von der katholischen Kirche verkündeten Dogmas von der Himmelfahrt Mariä, in der er archetypisch die Komplettierung der männlichen christlichen Dreifaltigkeit durch eine neue Vierfaltigkeit erkannte. Das Dogma von der Himmelfahrt Mariä ließ Jung schließen, daß von nun ab Mütterliches, Bewahrendes, Erdhaftes nicht nur im Gottesbild, sondern in der ganzen Kultur die kalte, technologisch instrumentelle, destruktive Größe des analysierenden Verstandes ergänzen werde. Damit hat Jung in kulturkritischer Perspektive, unter souveräner Mißachtung des Emanzipationsproblems, schon frühzeitig die Feminisierung der westlichen Kultur ausgerechnet dort prognostiziert, wo sie nach Auskunft des Feminismus unter keinen Umständen anzutreffen sein dürfte: im Zentrum der katholischen Kirche. Einer von der Theorie der Archetypen geleiteten Bewußtseinsgeschichte wird dies freilich kein besonderes Rätsel aufgeben, repräsentiert doch die Kirche als Institution nichts anderes als eben die »Große Mutter«.

Daß in *Batmans Rückkehr* positive Bilder des Mutterarchetypus fehlen, könnte dann auf die Schwierigkeiten verweisen, die eine an entsprechenden Archetypen orientierte Männerwelt mit Frauen hat, die selbstbewußt auftreten, wofür sowohl die Gestalt der Catwoman als auch ihre scheiternde Beziehung zu Batman steht.

In der klassischen Kulturgeschichte Europas, vor allem im Christentum, war Maria die Mutter Gottes, eine Bezeichnung, die im Rahmen der Tiefenpsychologie Jungs durchaus ernst zu nehmen ist. Nicht nur der Prozeß der Individuation jedes einzelnen Menschen, die Entwicklung zu einem Selbst, sondern auch die Geschichte des kollektiven Unbewußten zu einem menschgewordenen Gott ist an Voraussetzungen, an Mütterliches gebunden.

f) Gott

Auch dem Gott, der Gottheit entspricht ein Archetypus. Zugleich ist Jungs Lehre vom Archetypus des Gottes bzw. von der Göttlichkeit des Unbewußten und seiner Archetypen in jeder Hinsicht der schwierigste, aber zugleich auch der unverzichtbarste Teil seiner Tiefenpsychologie. Denn in der Lehre von den göttlichen Archetypen und den Archetypen des Göttlichen findet zugleich Jungs eigenes System seinen Abschluß. Jung, der im Unterschied zu Freud tief religiös war und dem die Gotteserfahrung persönlich das Allergewisseste war, muß diese Erfahrung in seiner wissenschaftlichen Tiefenpsychologie systematisch einholen. Er will damit in gewisser Weise den von seiner Theorie immer wieder beschworenen Individuationsprozeß auf diese Theorie selbst anwenden. Erst wenn die religiöse Erfahrung der Theorie selbst wesentlich ist, die Theorie selbst zu einer Form religiöser Erfahrung wird, bzw. religiöse Erfahrung theoretisch über sich aufgeklärt wird, ist dieser Selbstwerdungsprozeß vorläufig abgeschlossen. Jungs Schülerin Aniela Jaffé hat zu diesem Programm festgestellt, daß Jungs Gottesbild zunächst lediglich auf einer Verallgemeinerung, nämlich der des jüdisch-christlichen Gottesbildes beruhe, was aber kein Werturteil beinhalte. Denn tatsächlich ging das jüdisch-christliche Gottesbild Jung schon von seiner Kindheit her am »unmittelbarsten« an.[95] Systematisch stellt sich die Frage, ob im menschlichen Bewußtsein bzw. im menschlichen Unbewußten so etwas wie ein Archetypus aller Archetypen, ein bildhafter Inbegriff jenes Abgründigen, als das wir das Numinose, das uns ergreift, bzw. das Unbewußte, das uns umgreift, enthalten ist. Auf einen entsprechenden Einwand Martin Bubers entgegnet Jung:

»Gott hat allerdings, ohne Mithilfe des Menschen ein unbegreiflich herrliches und zugleich unheimlich widerspruchsvolles Bild von sich selber gemacht und es dem Menschen als einen Archetypus, ein archetypisches Licht, ins Unbewußte gelegt, nicht damit die Theologen aller Zeiten und Zonen sich darüber in die Haare geraten, sondern damit der nichtanmaßliche Mensch in der Stille seiner Seele auf ein ihm verwandtes, aus seiner eigenen seelischen Substanz erbautes Bild blicken mag, welches alles in sich hat, was er sich je über seine Götter und seinen Seelengrund ausdenken wird.«[96]

Der Mensch, so führt Jung hier aus, soll auf ein archetypisches Bild blicken, das seiner eigenen seelischen Substanz verwandt ist, d. h ein Bild, das Konturen des Menschlichen, menschlicher Gestalten trägt. Dem entsprechen die Bilder der Götter, haben sie nun Menschen- oder Tiergestalt. In der Gestalt menschlicher Götter bis hin zur Figur des Gottmenschen Christus wirkt dieses Gottesbild im menschlichen Unbewußten und treibt den Individuationsprozeß des menschlichen Selbst dadurch voran, daß es selbst als dunkler Gott im Menschen – ganz wie es die spätmittelalterlichen Mystiker glauben wollten – geboren wird, zum Durchbruch kommen will. Die empirische Ununterscheidbarkeit der ergreifenden Kraft des Unbewußten und der ergreifenden Kraft Gottes führt Jung zwangsläufig dazu, Unbewußtes und Gott einander zu assimilieren, auch wenn er immer wieder einräumt, daß ein metaphysischer Gottesbegriff im Prinzip möglich sei. So schreibt er im Jahre 1945 einem befreundeten Pfarrer:

»Versuche ja nicht, dieser Angst, die Gott dir gegeben hat, zu entgehen, sondern versuche, sie bis aufs letzte zu ertragen – sine poena nulla gratia. Ich kann so reden, weil ich glaube, ich sei religiös, und weil ich überdies mit wissenschaftlicher Sicherheit weiß, daß mein Patient seine Angst nicht erfunden hat, sondern daß sie über ihn verhängt ist. Von wem oder von was? *Vom Unbekannten.* Der Religiöse nennt diesen absconditum Gott; der wissenschaftliche Intellekt heißt ihn das Unbewußte.«[97]

Der wissenschaftlich-empirischen Ununterscheidbarkeit von Gott und dem Unbewußten, das ja immer auch das Unbewußte eines Menschen ist, korrespondiert eine Ununterscheidbarkeit innerhalb des menschlichen Bewußtseins von Unbekanntem und Unbewußtem. Gottesbilder lassen sich – so führt A. Jaffé schlüssig aus – *empirisch* nicht von Bildern der menschlichen Ganzheit, des Selbst unterscheiden.[98]

Der Entwicklungs- und Individuationsprozeß von Selbst und Gottheit verlaufen dann nicht nur parallel, sondern sind zwei Seiten der gleichen Sache – mit jedem Schritt des Menschen zu mehr Integration, Individuation und Autonomie gibt er dem Gott in sich Raum zu seiner Entfaltung. Umgekehrt zeuge die Geschichte der jüdisch-christlichen Religion mit ihrer Bewegung vom zürnenden, gestaltlosen, aber doch menschlichen Gott des Alten Testaments über den liebenden und strafenden Christus der Apokalypse und der Evangelien bis hin zum kirchlichen Dogma der Himmelfahrt Mariä von einem Prozeß, an dem sich die Menschen orientieren. Dieser – auch göttliche – Individuationsprozeß kann aber ebenso abstrakteren und entsprechend merkwürdigeren Bildern folgen. C.G. Jung, der als erster eine umfassende philologische und tiefenpsychologische Deutung der hermetischen Traditionen der Alchemie vorgelegt hat, einer Tradition, die lange Zeit nur als abseitiger Irrweg der Wissenschaftsgeschichte betrachtet wurde, war in diesem Zusammenhang mit dem Problem des Steins der Weisen konfrontiert. Jung kann zeigen, daß der Versuch der Transformation der Elemente zu Gold in einer anderen Bilderwelt jenen Individuationsprozeß wiederholt, den das Christentum mit seiner Menschwerdung Gottes behauptet. Ähnlich wie das Christentum in der Menschwerdung Gottes dessen Herablassung und die Erhöhung des Menschen denkt, sieht die Alchemie Gott noch tiefer hinabgelassen, noch unscheinbarer, nämlich zu unbelebter Materie werden. Aufgabe der Menschen ist es dann, diesen erniedrigten Gott mit geheimen Praktiken, den alchemistischen Wandlungen, aus dieser niedrigen Gestalt zu erlösen, ihn zum Stein der Weisen, in Gold zu verwandeln. Was die Alchemie als aktiven Prozeß einer Selbstwerdung projiziert, die Umwandlung des Steins der Weisen, wird damit zum zentralen Symbol des Selbst:

»Das Selbst ist nicht nur unbestimmt, sondern enthält auch paradoxerweise den Charakter der Bestimmtheit, ja der Einmaligkeit. Dies ist wohl einer der Gründe, warum gerade diejenigen Religionen, welche historische Persönlichkeiten zu Begründern haben, zu Weltreligionen geworden sind, wie das Christentum, der Buddhismus und der Islam. Die Einbeziehung der einmaligen menschlichen Persönlichkeit entspricht eben dem absolut Individuellen des Selbst, welches Einmaliges mit Ewigem und das einzelne mit dem allgemeinsten verbindet.«[99]

Da Jung Selbstwerdung und Integration systematisch gleichsetzt und dementsprechend eine gelungene Integration, die Versöhnung eines Individuums mit seinem Schatten, voraussetzt, wiederholt sich im Bereich des Gottesbildes, im Bereich der religiösen Archetypen, der Prozeß der Vereinigung der Gegensätze. Lassen sich derartige Bildprozesse auch in den Gestalten einer kulturindustriell geprägten Religion finden? In *Batmans Rückkehr* fungiert – wie bereits gezeigt wurde – die Gestalt des Oswald Cobblepot als Symbol für einen mißglückten Individuationsprozeß, der schließlich tödlich endet. Die Gestalt des greisenhaften Kindes verweist einmal auf das Fertige, das Ausgestaltete, das nicht mehr Entwicklungsfähige eines Subjekts, das seine Zukunft schon hinter sich hat, zum anderen aber auch auf Hilflosigkeit und Ausgesetztheit.

Darüber hinaus weist die Gestalt des Oswald Cobblepot, darauf hat vor allem die amerikanische Debatte über den Film immer wieder hingewiesen, alle Züge einer klassischen antisemitischen Karikatur auf. Vom Spreizen der mißgestalteten Klauen, die an die Bewegung des kohanitischen Priestersegens im Judentum erinnern, über die Wahlplakate, auf denen Cobblepot als Mächtiger in einem gelben (!) Kreis über den Dächern der Stadt gezeigt wird, von seiner überdimensionierten, Fischgerüchen hilflos ausgelieferte Nase bis zu seinen filzigen Haaren und seinem stechenden Blick – so und nicht anders ist das Bild des Juden in der europäischen Geschichte gedeutet worden: uralt und verflucht, sinnlich und machtgierig, schmutzig und lüstern. Wenn Cobblepot zudem später ankündigt, jeweils die Erstgeburt der Bewohner von Gotham City umbringen zu wollen, ist der Bezug auf den Gott der Hebräischen Bibel nicht mehr zu übersehen. Im Unterschied zum Gott der Hebräischen Bibel, den Jung, etwa in seiner *Antwort an Hiob*[100], denn doch in Christus und schließlich in Maria den Prozeß der Integration vollenden läßt, geht Cobblepot, der Inbegriff des Ressentiments, zugrunde, nachdem seine Rache an denen, die ihn nicht anerkennen wollen, ebenso gescheitert ist, wie sein Wille, an der Oberfläche anerkannt zu werden. Damit wird das Scheitern einer Selbstwerdung des dunklen Gottes ebenso gezeigt wie die gegenwärtige Unfähigkeit, in einem religiös gedeuteten Entwicklungsprozeß noch Sinn zu finden. Im Tod des Cobblepot, auf den nur noch die unmögliche Beziehung zwischen Catwoman und Batman, zwei alleinstehenden, kommunikationsunfähigen, zerrissenen Menschen folgt, drückt sich in archetypischen Bildern eine Befindlichkeit aus, die Jung, der trotz allem sonstigen Pessimismus vom grundoptimistischen, bürgerlichen Modell eines fortschreitenden Entwicklungsprozesses ausging, nicht zu fassen vermochte.

Die neuzeitliche Grunderfahrung eines endgültigen Todes Gottes scheint sich einem theoretischen Modell, das ohne weitere Rücksicht auf wissenschaftstheoretische und methodologische Bedenken Gott und Unbewußtes gleichsetzt, zu entziehen. Die Erfahrung vom Tode Gottes würde nämlich die Anerkenntnis der Sterblichkeit des menschlichen Selbst und die der Endlichkeit des Unbewußten erfordern. Ein endliches Unbewußtes aber hätte nicht mehr jenen Charakter, den ihm Jung gegen Freud zubilligen wollte – nämlich ein unerschöpflicher Seelengrund zu sein. Jungs überzeugende Grundintuition, daß dem (modernen) Menschen das eigene Selbst ein Gott ist und auch Gott eine Projektion dieses Selbst darstellt, wird von ihm nicht auf der psychologischen Objektebene belassen – nämlich als analysierbares Problem –, sondern auf der methodologischen Ebene systematisch vorausgesetzt. Das anspruchsvolle Projekt einer komplexen Psychologie, die Subjekt und Objekt ihres Untersuchungsgegenstandes, eben des Bewußtwerdungsprozesses der Menschheit ist[101], scheint um keinen geringeren Preis möglich zu sein. In dieser Ineinssetzung von Methode und Gegenstand schließt sich Jungs System und tritt damit das Erbe der idealistischen und romantischen Philosophie an.

V. Kulturwissenschaftliche und therapeutische Aspekte

Jungs auf dem Prinzip der analog verfahrenden Phantasie und des von Archetypen geprägten, prinzipiell unbegrenzten Unbewußten basierendes Denken erschließt sich als eine Theorie der menschlichen Kultur und der angeborenen Fähigkeit der Menschen zur Kulturbildung. Mit der Theorie der Archetypen und den ihnen innewohnenden Entwicklungstendenzen gewinnt Jung ein theoretisches Instrumentarium, das, weil es weniger stark auf das individuelle Triebschicksal als die freudianische Psychoanalyse ausgerichtet ist, individuelle Pathologien in allgemeinen Kategorien deuten kann. Dies mag im Widerspruch zu Jungs gegen Freud gerichtetete Maxime stehen, daß, jedenfalls in der tiefenpsychologischen Therapie, alles auf das Individuelle ankäme, und der Therapeut deshalb auf alle Voraussetzungen und Techniken zu verzichten und sich auf ein rein dialektisches Verfahren zu beschränken habe.[102] Dieser Erklärung zum Trotz hat C.G. Jung eine allgemeine Theorie des psychotherapeutischen Geschehens entwickelt, das einem allgemeinen und narrativ nachvollziehbaren Geschehen folgt – eben dem Individuationsprozeß. Therapie und Individuation, Prozeß und Ergebnis vollziehen sich im einzelnen menschlichen Leben ebenso wie in der Geschichte einer Kultur, einer Religion oder der Menschheit insgesamt. Auf dieser Basis folgen dann eine *kulturwissenschaftliche* Therapeutik und eine *therapeutische* Kulturwissenschaft. In dem Ausmaß, in dem die Geschichte der menschlichen Kulturen therapeutisch verständlich wird, ist es sinnvoll und notwendig, das therapeutische Geschehen selbst kulturwissenschaftlich zu deuten. Das materiale Bindeglied zwischen Therapeutik und Kultur hat Jung in seinen bereits genannten Untersuchungen zur Alchemie angelegt. Diese Untersuchungen verweisen auf eine kulturwissenschaftliche Religionspsychologie, die ihrerseits heilsame Elemente enthalten soll. Diesen Zusammenhängen geht der folgende Abschnitt dadurch nach, daß er zunächst Jungs Theorie des therapeutischen Prozesses und der ihm entsprechenden Techniken skizziert, dann die ihm zugrunde liegenden religionspsychologischen Hypothesen darstellt, um schließlich Jungs zeitdiagnostische Verwendung dieser Überlegungen nachzuzeichnen.

1. Therapie und Alchemie

Was hat der im Jahre 1550 in Frankfurt erschienene Traktat *Rosarium philosophorum*, eine mit allegorischen Bildern versehene Schilderung mystischer und alchemistischer Praktiken und metaphysischer Geschehnisse, mit den Verfahren moderner Psychotherapie zu tun? Warum ist die genaue Analyse der alchemistischen Beschreibung einer heiligen Hochzeit zwischen Sonne und Mond, zwischen Königin und König, zwischen den Geschwistern Apollo und Diana dem besseren Verständnis des psychotherapeutischen Prozesses angemessen? Unter welchen möglichen Umständen gewinnen wir ein tieferes Verständnis dessen, was ein psychotherapeutischer Prozeß ist, wenn wir das folgende spätmittelalterliche, ursprünglich auf Latein verfaßte Gedicht lesen?

»Frau, weißglänzend, dem rötlichen Gatten in Liebe verbunden,
Schlingend die Arme um sich und verschlungen in ehlicher Bindung
Lösen sich auf, um dem Ziel der Vollendung eilends zu nahen,
Zwei, die sie waren, zu Einem im Körper als Gleichnis zu werden.«[103]

Nicht nur anhand des unmittelbaren Kontextes dieses Paares, über dem bei der geschlechtlichen Vereinigung das Meer zusammenschlägt, lassen sich Bezüge zu sexuellen und anderen Wünschen herstellen. Auch die sachangemessene allegorische Deutung solcher Gedichte verweist auf Prozesse zurück, die dem psychotherapeutischen Geschehen strukturell innewohnen. Bekanntlich ging es den Alchemisten um das Gewinnen neuer Elemente durch Verbindung und Verschmelzung anderer Elemente. Die in dem Gedicht erwähnten Farben »weißglänzend« und »rötlich« verweisen auf die vier alchemistischen Grundfarben schwarz, weiß, rot und gelb, die sowohl die vier Elemente – Erde, Wasser, Feuer und Luft – als auch die vier Eigenschaften aller Materie nach antikem Verständnis – heiß, kalt, feucht und trocken – repräsentieren: »Die Schwärze (nigredo)« – so referiert Jung die grundlegenden Annahmen des alchemistischen Denkens –

»ist der Anfangszustand, entweder als Eigenschaft der ›prima materia‹, des Chaos und der ›massa confusa‹, von vorneherein vorhanden oder durch Zerteilung (solutio, separatio, divisio, putrefactio) der Elemente erzeugt. Ist der zerteilte Zustand vorausgesetzt, wie das gelegentlich vorkommt, dann wird eine Vereinigung der Gegensätze durchgeführt unter dem Gleichnis der Vereinigung des Männlichen und des Weiblichen (coniugium, matrimonium, coniunctio, coitus) und dann tritt der Tod des Vereinigungsproduktes ein (mortificatio, calcinatio, putrefactio) mit entsprechender Schwärzung. Aus der ›nigredo‹ führt die Abwaschung (ablutio, baptisma) entweder direkt zur Weißung, oder die beim Tod entwichene Seele (anima) wird dem toten Körper wieder vereinigt, zur Belebung desselben, oder es leiten die vielen Farben (omnes colores, cauda pavonis) zur einen weißlichen über, die alle Farben enthält. Damit ist das erste Hauptziel des Prozesses, die ›albedo‹, ›tinctura alba‹, ›terra alba foliata‹, ›lapis albus‹ usw., erreicht, welche von vielen schon so hoch gepriesen wird, als ob das Ziel überhaupt erreicht wäre. Es ist der Silber- oder Mondzustand, welcher aber noch bis zum Sonnenzustand gesteigert werden soll. Die ›albedo‹ ist gewissermaßen die Dämmerung; aber erst die ›rubedo‹ ist der Sonnenaufgang. Den Übergang zur ›rubedo‹ bildet die Gelbung (citrinitas), welche, später in Wegfall kommt. Dann geht die ›rubedo‹ direkt aus der ›albedo‹ hervor durch Steigerung des Feuers auf den höchsten Grad. Das Weiße und das Rote sind Königin und König, die auch in dieser Phase ihre ›nuptiae chymicae‹ feiern können.«[104]

Wenn das »weißglänzende« in dem oben zitierten Gedicht die Dämmerung, das »rötliche« jedoch den Sonnenaufgang verkörpert, dann ist hier neben der Vereinigung zweier Menschen auch von einer Verschmelzung von Morgendämmerung und Sonnenaufgang die Rede, die, beide der Schwärze der Nacht entkommen, sich zusammentun, um so zur Einheit des Tages zu gelangen, zur Einheit der Gegensätze.

Jungs Theorie über die abstrus und verworren klingenden Annahmen der spätmittelalterlichen Alchemie beruhen auf einem tiefenpsychologischen Gedanken. In Wahrheit sei es den Alchemisten, ohne daß sie dies in jedem Fall wußten, überhaupt nicht um die Herstellung von Gold gegangen, auch nicht darum, in magischer Absicht über die Elemente zu spekulieren, sondern darum, mächtigen inneren, seelischen Vorgängen Ausdruck zu verleihen. Prozesse des von Archetypen bestimmten Seelenlebens wurden von den Alchemisten in die Welt der Elemente, der Tiegel und Töpfe *projiziert*: In der Alchemie werden in einer altertümlichen, mythischen und der

Sache nach unangemessen wirkenden Sprache innerpsychische Sachverhalte artikuliert, während es die Aufgabe einer wissenschaftlichen Psychologie sei, die innerpsychischen Verhältnisse auf ihren menschlichen Erfahrungshintergrund hin zu befragen. Diese Reaktion auf das alchemistische Denken wäre freilich nichts anderes als das von Jung abgelehnte, reduktionistische Verfahren. Auf der Basis der Theorie der Archetypen ist demgegenüber zu fragen, ob nicht das psychotherapeutische Geschehen selbst gleichsam »mythische« Bestandteile enthält, bzw. was im archetypischen Sinne hinter jenem Mechanismus steckt, der als Projektion, als Übertragung beschrieben wird. Jung sieht Alchemie und Übertragung wechselseitig aufeinander verwiesen – gehe es doch beiden um Verschmelzungs-, Legierungs-, Härtungs- und schließlich Lösungsprozesse.

Der psychische Mechanismus der Übertragung war in der freudianischen Psychoanalyse schon früh als das zentrale Medium des therapeutischen Prozesses erkannt worden. Neben der Deutung von Traummaterial und von Vorstellungen, die auf dem Wege der freien Assoziation gewonnen werden, spielt die Deutung der Beziehung, die zwischen Therapeuten und Patienten entsteht, die bedeutendste Rolle bei der Aufklärung unbewußter kindlicher Ängste und Bindungen. Nach psychoanalytischer Theorie wird der vor dem Analytiker auf der Couch *liegende* Patient – durch diese Anordnung in eine tagtraumähnliche, dämmerartige Trance gedrängt – dazu neigen, im Psychoanalytiker nicht den realen Menschen, der hinter ihm sitzt und den er nicht sieht, zu erkennen, sondern Gestalten seiner frühen Kindheit. Die psychoanalytische Anordnung fördert so einen Prozeß der Regression, eines psychischen Rückfalls in frühkindliche seelische Zustände. Die Deutung dieser Übertragung von frühen sozialen Verhältnissen, von Wünschen und Bedürfnissen, die ursprünglich z. B. den Eltern galten, auf den Analytiker, produziert eine Fülle von Material. Anhand dieses Materials wird dann der Analytiker dem Patienten im Prozeß des Durcharbeitens einmal die Angst vor diesen frühen, verzerrten Beziehungsmustern durch Wiederholung und Gewöhnung nehmen, sie in ihrer Genese erklären und dem Patienten ihre Unangemessenheit für seine gegenwärtige Situation demonstrieren. Die ursprünglich objektivistische Fassung dieses Gedankens, die dem Patienten alleine die Übertragung und dem Analytiker die wissenschaftliche Erkenntnis dieser Übertragungsphantasien zuschrieb, wurde jedoch bald durch den fortschreitenden Selbstreflexionsprozeß der Psychoanalyse korrigiert. Die Anerkennung der »Gegenübertragung«, d. h. jener zunächst unbewußten Affekte, die auch noch so gründlich analysierte Therapeuten ihren Patienten entgegenbringen, ließ den psychoanalytischen Prozeß als ein Geschehen sichtbar werden, in dem die Affekte nicht lediglich Störgrößen, sondern geradezu der Königsweg zum tiefenpsychologischen Verstehen darstellen. An dieser Weiterentwicklung der freudianischen Übertragungstheorie setzt Jung mit seinen auf den ersten Blick abseitig erscheinenden Überlegungen zur Alchemie an: Zwischen Übertragung und Gegenübertragung und dem alchemistischen Prozeß herrsche eine Strukturhomologie, die der Projektion innerseelischer Befindlichkeiten auf die Welt der Elemente geschuldet sei. Das psychotherapeutische Übertragungsgeschehen wird damit reflexiv eingeholt – die tiefenpsychologische Deutung einer alchemistischen Projektion des innerseelischen Geschehens dient zur Erläuterung dessen, was im tiefenpsychologischen Heilungsprozeß vor sich geht. Dabei war Jung keineswegs davon überzeugt, daß alleine und vor allem die

Übertragung als das intensivste Moment aller Psychotherapie in jeder Behandlung einen zentralen Platz einnehmen müsse. Andere Elemente wie Beratung, Belehrung und Aufmunterung, die Aufforderung zur Selbsterziehung und das Ermöglichen einer kathartischen Lösung verklemmter Affekte seien in der Praxis mindestens so bedeutsam, wenn nicht sogar besonders wünschenswert. Die Übertragung und vor allem die Gegenübertragung werden nach Jungs Überzeugung auch den Arzt nicht unberührt und bei ihm selber noch unbekannte seelische Bezirke aufbrechen lassen:

»Aber durch die Übertragung verändert sich die seelische Gestalt des Arztes, ihm selber zunächst unbemerkt: er wird affiziert und kann sich gleich dem Patienten nur schwer von dem, was ihn im Besitz hält, unterscheiden. Dadurch entsteht eine beidseitige, unmittelbare Konfrontation mit der das Dämonische bergenden Dunkelheit. Diese paradoxe Überkreuzung von Positivem und Negativem, von Zutrauen und Angst, von Hoffnung und Mißtrauen, von Zuneigung und Widerstand charakterisiert die Anfangsbeziehung. Es ist ›neikos kai philia‹ (altgriechisch: Haß und Liebe) der Elemente, von den Alchemisten verglichen mit dem uranfänglichen Chaos der Welt. Das aktivierte Unbewußte erscheint als ein Durcheinander entfesselter Gegensätze, und es fordert den Versuch, diese Gegensätze zu versöhnen, woraus, wie die Alchemisten sagen, das große Allheilmittel, die medicina catholica, entstehe.«[105]

Die archetypische Theorie des Unbewußten schreibt diesem eigene Macht und damit autonome Entwicklungstendenzen zu, ohne daß deshalb das, was im archetypischen Material zum Ausdruck und zum Vorschein kommt, klar und eindeutig ist. Im Gegenteil behauptet gerade die systematisch vorausgesetzte Theorie der Individuation, daß das Selbst sich allmählich aus weniger differenzierten, weniger artikulierten Stadien herausbildet. Damit erweist sich der therapeutische

Prozeß in Wahrheit als ein Geschehen nicht zwischen zwei (Therapeut und Patient), sondern zwischen drei Akteuren: Zwischen Analytiker, Patient und autonomem psychischen Inhalt, der im Übertragungsprozeß zutage drängt:

»Der evasive, täuschende, schillernde Inhalt, der den Patienten wie ein Dämon possediert, taucht zwischen Arzt und Patient auf und setzt nun als Dritter im Bunde sein bald koboldhaft – neckisches, bald infernalisches Spiel fort. Passend haben ihn die Alchemisten als den betrügerisch weisen, den verschmitzten Offenbarungsgott Hermes bzw. Mercurius personifiziert und lamentieren darüber, wie er sie genarrt hat, und geben ihm zugleich die höchsten Namen, die ihn in die Nähe der Gottheit selbst rücken.«[106]

Damit wird das psychotherapeutische Geschehen zwischen Arzt und Patient selbst zum Abenteuer, zu einer Auseinandersetzung mit einem nicht restlos beherrschbaren gemeinsamen Unbewußten, das sich anhand alter alchemistischer Bücher als ein gestufter Prozeß abbilden läßt.

Dieser Prozeß beginnt – legt man etwa das *Rosarium philosophorum* zugrunde – mit dem Ansehen des von vier Sternen eingerahmten »Merkurbrunnens«, dessen Wasser die Schrankenlosigkeit des Unbewußten ebenso symbolisiert wie die Sterne die Quaternität, also jenen Archetypus, der für die Ordnungsleistungen des menschlichen Weltverhältnisses steht. Im darauf folgenden Bild von »König und Königin« ist sowohl dem Ereignis der Begegnung Bedeutung gezollt, als auch den vielfältigen Inzestvorstellungen, die vielen Psychoneurosen zugrunde liegen. Zugleich stehen »König und Königin« für die vielfältigen, sich überkreuzenden Beziehungen innerhalb der Familie und innerhalb der Seele, etwa für die Beziehungen zwischen Animus und Anima.

Das nächste Bild im *Rosarium philosophorum*, die entsprechend abgebildete »Nackte Wahrheit«, deutet für Jung auf das Hervortreten des Schattens im therapeutischen Prozeß wie darauf, daß in diesem Prozeß alle konventionellen Hüllen fallengelassen werden.

Wenn dann im vierten Bild (siehe hier Abb. 1) König und Königin in den Brunnen des Merkur eintauchen, so be-

Abbildung 1

schreibt dies den Abstieg ins Unbewußte, in die Tiefen von Todeserfahrung und Sexualität. Jung weist darauf hin, daß auf dem Bild König und Königin einander über Bänder verbunden sind und sich über den Bändern eine Taube befindet, das Symbol des Heiligen Geistes. Dieses Zeichen einer transzendenten Ganzheit des Menschen schwebt über dem chymischen Prozeß. Das Ziel des therapeutischen Prozesses steht gleichsam schützend über seinem nicht ungefährlichen Abenteuer.

Nach dem Herabtauchen in das Wasser des Brunnens sind über König und Königin die Fluten zusammengeschlagen, in

Abbildung 2

denen sie sich geschlechtlich vereinigen (siehe hier Abb. 2). Ist damit der Sieg von Zügellosigkeit durch Überantwortung an das Unbewußte dargestellt? Dies wäre der Fall, wenn – was Jung schon früh bestritten hat – die sexuelle Vereinigung lediglich Triebbefriedigung bedeute. In seiner Perspektive wird hier jedoch eine »unio mystica«, eine *noch im Unbewußten* stattfindende Vereinigung der Gegensätze dargestellt – vom Selbst und seinem Schatten, von Animus und Anima, vom Unbewußten des Patienten und des Therapeuten. Aber im therapeutischen Prozeß, der ja dem Ziel der Individuation unterliegt, kann die Legierung von Übertragung und Gegenübertragung nur ein Zwischenschritt sein. Ohne Ablösung der wechselseitigen Projektionen könnte weder der Weg der Heilung beschritten werden noch die Autonomie des Arztes gewahrt bleiben.

Nach der vollzogenen Vereinigung liegen König und Königin nebeneinander tot in einem offenen Sarkophag. Das Bild ist unterschrieben: »Die Zerstörung des einen ist die Erzeugung eines anderen«. Tiefenpsychologisch korrespondiert dem die Auflösung der bisherigen seelischen Struktur, ihre tiefe Verletzung:

»Mit der Integration von Projektionen, welche der bloß natürliche Mensch in seiner noch ungehemmten Naivität als solche nicht erkennen kann, weitet sich die Persönlichkeit in einem derartigen Maße aus, daß die normale Ichpersönlichkeit in hohem Grade ausgelöscht wird, d. h. es entsteht eine positive oder negative Inflation, wenn man sich mit den zu integrierenden Inhalten identifiziert. Erstere nähert sich einem mehr oder weniger bewußten Größenwahn, letztere wird wie eine Vernichtung des Ich empfunden, oder die beiden Zustände wechseln miteinander ab. Auf alle Fälle bedeutet die Integration von Inhalten, die immer unbewußt und projiziert waren, eine ernsthafte Läsion des Ich.«[107] (siehe hier Abb. 3)

Der Untergang des alten Ich im Hexenkessel, im merkurischen Brunnen des Unbewußten, führt zum Tod, der stets unabdingbare Voraussetzung eines neuen Ich ist, das auf neue Weise Bewußtes und Unbewußtes vereinigt.

Dem tot daliegenden Paar entsteigt eine zum Himmel aufstrebende Seele in Gestalt eines Homunkulus. Dieses – den Beginn des Heilungsvorgangs darstellende – Bild verweist freilich auf ein Geheimnis, das den zur Erfahrung des Unbewußten ohnehin unfähigen »intellektualistischen«, »wissenschaftlichen«[108] Theorien des Unbewußten verschlossen bleiben muß. Dieses Geheimnis ist die Geburt des göttlichen Kindes, des »inneren Menschen«.[109]

Nach dem Aufstieg der Seele in Gestalt eines Homunkulus fällt reinigender Tau auf das Paar, das sich schon zuvor bei ge-

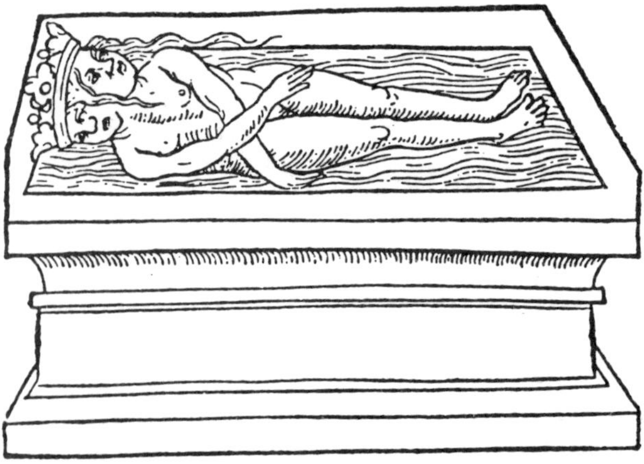

Abbildung 3

nauerem Hinsehen als ein Wesen mit zwei Händen, zwei Beinen aber eben auch zwei Köpfen entpuppt hatte. Der reinigende Tau, der nichts anderes darstellt als den Wiederabstieg des nach oben verbannten inneren Menschen, spielt für Jung im therapeutischen Prozeß die Rolle einer geistigen Intuition. Die Intuition eines Neuen, einer neuen psychischen Gestalt begrenzt die Gefahren, die Intellektualismus und Ästhetizismus für das Gelingen von Therapien bedeuten. Zugleich steht die Reinigung für eine Auflösung der Vermischungen, die den psychotherapeutischen Prozeß, ja, jeden Prozeß der Übertragung ausmachen.

Der tot daliegende Hermaphrodit mit den beiden Köpfen wird schließlich – nach dem reinigenden Tau der Intuition – von einem aus den Wolken herabsteigenden Homunkulus wiederbelebt. Wenn nun nach dem Tod, dem Untergang des empirischen Menschen bzw. seiner empirischen Seele, sein Unbewußtes im therapeutischen Wandlungsprozeß erneut von einem Ich, einem Selbst in Gestalt eines Homunkulus belebt wird, so ist damit die Kraft eines jeden Individuums angesprochen, sein in ihm auf immer angelegtes, universales Ich nicht von den archetypischen Wahrheiten überwältigen zu lassen. Dann ist jedes Individuum aufgefordert, der Idee seines ewigen Ich gemäß auf dem Wege der Selbsterziehung um Autonomie zu ringen. Daß es dazu in der Lage ist, verdankt es allerdings nicht sich selbst, sondern der ihm innewohnenden Idee eines Ich.

Als letztes Bild (siehe hier Abb. 4) zeigt das *Rosarium philosophorum* den zweiköpfigen Hermaphroditen auf einer Mondsichel stehend, über der Erde schwebend. Nun geflügelt, trägt er in der rechten Hand einen Kelch, in dem drei Schlangen züngeln, während er in der linken Hand eine Schlange um seinen Unterarm gewickelt hält. Zu seiner

Rechten steht eine Pflanze mit dreizehn menschengesichtigen Blüten, zu seiner Linken ein großer Vogel. Jung deutet dieses Bild kaum noch, sondern spürt auf dem Wege der Amplifikation seinen vielfältigen geistesgeschichtlichen Verweisen nach, um zu dem Schluß zu kommen, daß es sich bei alle-

Abbildung 4

dem um Antizipationen einer prinzipiell nur annähernd erreichbaren Ganzheit handele. Dreiheiten, Vierheiten, Zwölf- und Dreizehnheiten, der Mond, die Ganzheit des Hermaphroditen – all diese Bilder seien lediglich Umschreibungen empirisch feststellbarer Tatsachen. Jungs Kronzeuge und Gewährsmann dafür ist der spätmittelalterliche Philosoph Nikolaus Cusanus mit seiner Lehre von der »Coincidentia oppositorum«. Unter Bezug auf ihn schließt Jung daher seine Überlegungen:

»Ich versteife mich auf keine Terminologie; ob man die vorkommenden Symbole als ›Ganzheit‹, ›Selbst‹, ›Bewußtsein‹, ›höheres Ich‹ oder etwas je dergleichen bezeichnet, tut wenig zur Sache. Ich bestrebe mich nur, keine falschen oder irreführenden Namen zu geben. Aber alle diese Termini sind und bleiben nichts anderes als Namen für Tatsachen, die einzig Gewicht haben. Meine Namensgebungen bedeuten keine Philosophie, obschon ich niemand daran hindern kann, diese terminologischen Schemen anzubellen, wie wenn sie Setzungen wären [...] Der Mensch ist eine Analogie Gottes [...] daraus leitet sich die complexio oppositorum als Möglichkeit sowohl wie auch als ethische Verpflichtung ab: Es sollte aber in diesen Tiefenbereichen [...] das Streben unseres menschlichen Geistes dahin gehen, sich zu jener Einfachheit emporzuschwingen, wo die Gegensätze ineinanderfallen.«[110]

Führt von diesen Überlegungen, die von der Gewißheit getragen sind, daß eine nur wissenschaftliche Terminologie dem Wesen therapeutischer Prozesse nicht gerecht wird, noch ein Weg zurück zu einer überprüfbaren, methodisch handhabbaren klinischen Psychotherapie?

Jung hat – auch nach Auffassung vieler seiner Schüler – nur wenige systematische Beiträge zur alltäglichen klinischen Praxis, zu technischen Fragen und zu Krankengeschichten hinterlassen. Im Unterschied zu Freud und zur freudianischen Schule hat er sich eher einem eklektizistischen, den Problemen des jeweiligen Patienten angemessenen Therapieverständnis überlassen, das festgelegten Regeln nur wenig zutraute. Freilich lassen sich eine Reihe von Prinzipien benennen, die das therapeutische Geschehen im jungschen Sinne deutlich von der freudianischen Psychoanalyse unterscheiden:

a) Jung und seine Schule fassen das therapeutische Geschehen selbst sehr viel stärker als ein »echtes« Gespräch zwischen Arzt und Patient auf, denn als das stark mit beobachtenden Elementen arbeitende, auf Deutung und indirekte Reflexion beruhende psychoanalytische Setting. Zudem wird in der Klinik der analytischen Psychologie der Übertragungsmechanismus durchaus ernstgenommen, aber nicht prinzipiell in das Zentrum der therapeutischen Arbeit gestellt.

b) Statt dessen orientiert sich die Klinik der analytischen Psychologie, vor allem die Jungs, in geradezu klassischer Weise an der Deutung von Träumen, die gelegentlich durch die bewußte Gestaltung von kreativen Bildern seitens der Patienten ergänzt wird. Die Traumdeutung mittels der Theorie der Archetypen folgt keiner auf Tagesreste, Triebschicksale oder Wunscherfüllung gerichteten Reduktion auf die kontingente Person des Patienten, sondern dem Verfahren der vergleichenden und anreichernden *Amplifikation.* Indem die gegenwärtige Situation der Patienten in die übergreifenden Zusammenhänge umfassender, beinahe kosmischer Entwicklungsaufgaben gestellt wird, gewinnt die Klinik zugleich einen aufdeckenden, aber auch bildenden, wenn nicht erziehenden Charakter:

»Für das objektive Verständnis seiner Krankheit und für das Schaffen einer menschlichen Beziehung ist Wissen notwendig – und zwar nicht nur rein medizinisches Wissen, das ein begrenztes Gebiet betrifft, sondern eine umfassende Kenntnis aller Aspekte der menschlichen Seele. Die Behandlung muß mehr erreichen als nur die Auflösung der alten krankhaften Einstellung; sie muß zu einer neuen Einstellung führen, die gesund und lebensfähig ist. Dazu ist oft eine fundamentale Änderung der Lebensauffassung notwendig. Der Patient soll nicht nur fähig sein, Ursache und Ursprung seiner Neurose zu erkennen, er muß auch das Ziel sehen, dem er zustrebt. Das Krankhafte kann nicht einfach wie ein Fremdkörper beseitigt werden, ohne daß man Gefahr läuft, zugleich etwas Wesentliches, das auch leben sollte, zu zerstören. Unsere Aufgabe besteht nicht darin, es zu vernichten, sondern wir sollten vielmehr das, was wachsen will, hegen und pflegen, bis es schließlich seine Rolle in der Ganzheit der Seele spielen kann.«[111]

Dem entspricht, daß Jung die rein kontextspezifische Deutung von einzelnen Träumen für sinnlos hielt und statt dessen systematisch von der Beobachtung und Deutung von Traumreihen und der allmählichen Veränderung ihrer tragenden Motive ausging.

c) In diagnostischer Hinsicht geht Jungs Tiefenpsychologie und die ihr entsprechende Klinik von dem aus, was er selbst schon früh als »Assoziationsexperiment« entwickelt hat, ein schlichtes Verfahren, bei dem Patienten und Versuchspersonen auf ein ihnen zugeworfenes Wort mit einem anderen Wort reagieren sollen. Tragender Parameter dieses Verfahrens ist die Reaktionszeit – je länger eine Reaktion ausbleibt, umso wahrscheinlicher sei es, daß das Reizwort einen verdrängten oder peinlichen Inhalt trifft. Auf der Basis dieser Assoziationstheorie ergibt sich dann die Suche nach dem »Komplex« als »eigentlicher Noxe«, d. h. dem im engsten Sinn krankheitsauslösenden Faktor, als wichtigstes diagnostisches Verfahren. Komplexdiagnose ziele auf die »Formulierung von Tatbeständen, welche durch das klinische Krankheitsbild weit eher verhüllt als dargestellt werden.«[112]

Neben der Analyse der Komplexe behilft sich Jungs Tiefenpsychologie noch mit einem weiteren, ebenfalls eher intuitiven, bisher nicht operationalisierten Parameter – den psychologischen Funktionstypen, die den entsprechenden Anlagen des einzelnen Individuums entsprechen. Demnach läßt sich eine einfache Kreuztabelle mit zwei Spalten und vier Zeilen erstellen: Menschen können entweder extrovertiert oder introvertiert eingestellt sein und diese Grundhaltung mit einem Schwergewicht auf Denken, Fühlen, Empfinden oder Intuition kombinieren. Diese Typen lassen sich mit einem auswertbaren Test verbinden.[113] Darüber hinaus impliziert die Lehre vom Individuationsprozeß und die Lehre von den Archetypen wie »Kind«, »Mutter«, »Jüngling« eine Typologie des Lebenslaufs und damit eine spezifische Diagnostik und Therapeutik unterschiedlicher Altersstufen. Dem teleologischen, zukunftsgerichteten Ansatz der Lehre vom Individuationsprozeß entspricht bei Jung ein stärkeres Interesse an der zweiten Lebenshälfte im Unterschied zur freudianischen Psychoanalyse, die sich vor allem für die ursächlich prägenden Kräfte des kindlichen Sozialisationsschicksals interessiert. Gleichwohl weist auch die Schule C.G. Jungs darauf hin, daß die entsprechenden persönlichkeitstheoretischen Grundannahmen Jungs empirisch bisher unüberprüft sind.[114] Zudem scheinen die von Jung prognostizierten Typen in der Klinik zu scheitern, d. h. sich im Verlauf des Behandlungsprozesses als instabil zu erweisen. Das ist angesichts von Jungs genereller Theorie des therapeutischen Prozesses als eines dialektischen Wandlungsprozesses nicht weiter verwunderlich. Von allen ernsthaften psychotherapeutischen Verfahren hat sich nämlich die analytische Psychologie am konsequentesten einem sozial- oder naturwissenschaftlichen Verständnis entzogen und selbstbewußt auf ihrer geistes-, ja religionswissenschaftlichen Fundierung beharrt. So ist es nur konsequent, daß die analytische Psychologie, abgesehen von dem Suchverfahren der Assoziation, der halbherzig verwandten Typologie und dem Leitfaden der Komplextheorie auf Verfahren klinisch kontrollierter Diagnose verzichtet und sich der tiefenpsychologisch angemessenen Einsicht beugt, daß erst die Behandlung selbst die Diagnose ergibt, daß eine präzise Diagnose im Sinn dieser Theorie überhaupt erst am Ende einer Behandlung gestellt werden kann.

Im strikten Unterschied zu herkömmlichen, an der organischen Medizin orientierten Trias von Anamnese, Diagnose und Therapie lehnt Jung jede Anamnese ab, die über triviale Feststellungen hinausgeht, verlegt die Diagnose in den Behandlungsprozeß selbst und beharrt ansonsten darauf, daß der heilsame Faktor jeder Psychotherapie weder die Theorie noch die Methode des Psychotherapeuten, sondern nur der Therapeut selbst sein könne. »Der große Heilfaktor der Psychotherapie ist die Persönlichkeit des Arztes, die nicht a priori gegeben ist, sondern eine Höchstleistung darstellt, aber nicht ein doktrinäres Schema.«[115] Mit dem Beharren auf der Dialektik einer zwischenmenschlichen Beziehung, der Skepsis gegenüber starken theoretischen Ansprüchen, dem Pathos eines auf Heilung und Wachstum, auf Ganzheit und Erfüllung angelegten therapeutischen Prozesses und der zentralen Rolle der ärztlichen Persönlichkeit erweist sich Jungs Therapiekonzeption als früher Vorläufer, bzw. als frühes Urbild all jener neuen Therapieformen, die seit den sechziger Jahren dieses Jahrhunderts unter dem Etikett »Humanistische Psychologie« einen dritten Weg zwischen Behaviorismus und freudianischer Psychoanalyse suchen. Von dem breiten Strom der neueren »Humanistischen Psychologie« unterscheidet sich Jungs Konzeption freilich durch ihren starken Akzent auf der Idee eines autonomen Unbewußten. Darüber hinaus steht eine eher durch Weisheitsregeln geleitete Klinik, die jedem Dogmatismus abschwört und allemal dazu bereit ist, auch Beiträge anderer Theorien, etwa Sigmund Freuds oder Alfred Adlers, teilweise gelten zu lassen, in einem massiven Widerspruch zu der außerordentlich bestreitbaren, kühnen und keineswegs trivialen Theorie der Archetypen. Das Verhältnis von Jungs klinischer Liberalität, selbst eines bestimmten Eklektizismus und seiner theoretischen Radikalität scheint mehr als ungeklärt, erhellt sich aber, wenn man seine theoretischen Ansprüche ernst nimmt. Wenn nämlich Individuationsprozeß und therapeutischer Prozeß tatsächlich – wie am Beispiel der Alchemie gezeigt – strukturhomolog sind; wenn der therapeutische Prozeß weniger eine zerbrechliche, fehlbare Interaktion darstellt, sondern ein objektives psychisches Geschehen, in dem es nur darauf ankommt, den richtigen Tendenzen zum Durchbruch zu verhelfen, dann bedarf es nur eines richtigen Seelenführers, eines Psychopompos:

»Ich kann es kaum verschleiern, daß wir Psychotherapeuten eigentlich Philosophen oder philosophische Ärzte sein sollten oder vielmehr, daß wir es schon sind, ohne es wahr haben zu wollen, denn ein allzu krasser Unterschied klafft zwischen dem, was wir betreiben, und dem, was auf Hochschulen als Philosophie gelehrt wird. Man könnte es auch *Religion in statu nascendi* nennen, denn in nächster Nähe der großen Konfusion des Urlebendigen gibt es noch keine Sonderung, die einen Unterschied zwischen Philosophie und Religion erkennen ließe.«[116]

Die Nähe zwischen Tiefenpsychologie, Religion und Philosophie ist bei Jung von Anfang an gewollt, theoretisch verantwortet und stellt keineswegs einen Ausrutscher dar, dem der aufmerksame Beobachter entlarvend auf die Spur kommen könnte. Von der ungenau wirkenden Typenlehre über die im Unterschied zum freudianischen Couch-Arrangement bevorzugte Form des Gegenübersitzens bis zu den Techniken der aktiven Imagination, die die Heraufkunft der Archetypen fördern sollen, sind alle Schritte und Vorschläge der Klinik auf die Lehre vom sich individuierenden göttlichen Unbewußten zurückverwiesen. Jungs religionspsychologisch, genauer gesagt religiös begründete Tiefenpsychologie ist nichts anderes als eine moderne Religion mit therapeutischen Zügen. Damit wird Jungs Entwurf einer Tiefenpsychologie zugleich zum prägnantesten und bedeutendsten Fall des Entstehens, ja der Gründung einer anonymen Religion im Gewande der Wissenschaft.

2. Anonyme Religion aus den Quellen von Mystik und Gnosis

Diese auf den ersten Blick ungewöhnliche Sichtweise erschließt sich freilich nur, wenn man zunächst eine scharfe Scheidung von Religion und Theologie vornimmt und den Begriff der Religion nicht auf Haltungen wie »gläubige Hingabe« reduziert.

Religion ist als allgemeine menschliche, anthropologische Einstellung von jedem konkreten historischen Glauben an einen bestimmten Gott, eine bestimmte Ethik oder eine bestimmte Heilsvorstellung zu unterscheiden, sie ist – wie es der romantische Theologe Schleiermacher ausgedrückt hat – »Sinn und Geschmack für das Unendliche«, bzw. das »Gefühl schlechthinniger Abhängigkeit«.[117] Dieses Gefühl, das sich weder in der intellektuellen Frage nach dem Ursprung der

Welt noch im Postulat höchster moralischer Gebote erfüllt, thematisiert das Weltverhältnis des Menschen in seiner reinsten Form. Die Religion deshalb, wie Freud es in seiner Schrift *Die Zukunft einer Illusion* tat, letzten Endes durch eine Art kollektiven Vaterkomplex zu erklären, ist nicht nur aufgrund der entwicklungspsychologischen Herleitung unangemessen. In Frage stehen nicht die onto- und phylogenetischen Wurzeln des religiösen Gefühls, sondern sein eigentümlicher holistischer Bezug, der sich in eigenen Zuständen und Affekten wie Versenkung, Ekstase, Erleuchtung und Ergebenheit äußert. Die aufklärerische Religionskritik greift dort zu kurz, wo sie derartige Affekte und die ihnen entsprechenden rituellen Handlungen einzig auf die Hingabe reduziert. Freud selbst ist dieser Reduktionismus übrigens nicht vorzuwerfen. Vielmehr ist er der Phänomenologie des religiösen Gefühls durchaus gerecht geworden, schreckte vor ihm freilich eingestandenermaßen zurück. In *Das Unbehagen in der Kultur* antwortet Freud auf einen Brief seines Freundes Romain Rolland, der ein religiöses Gefühl, die Empfindung der Ewigkeit als etwas schrankenloses, »Ozeanisches« bezeichnet hatte. Freud, der bereit war anzuerkennen, daß im Gegensatz zu ihm andere dieses Gefühl wirklich erfahren haben, vermutet den Grund dafür in frühen narzißtischen Phasen, um dann die entscheidende Frage zu stellen, ob dieses Gefühl überhaupt zu Recht den Anspruch erheben dürfe, als Quelle religiöser Bedürfnisse zu gelten:

»Bis zum Gefühl kindlicher Hilflosigkeit kann man den Ursprung der religiösen Einstellung in klaren Umrissen verfolgen. Es mag noch anderes dahinterstecken, aber das verhüllt einstweilen der Nebel. Ich kann mir vorstellen, daß das ozeanische Gefühl nachträglich in Beziehungen zur Religion geraten ist. Dies Eins-sein mit dem All, was als Gedankeninhalt ihm zugehört, spricht uns ja an wie ein erster Versuch einer religiösen Tröstung, wie ein anderer Weg zur Ableugnung der Gefahr, die das Ich von der Außenwelt drohend erkennt. Ich wiederhole das Bekenntnis, daß es mir sehr beschwerlich ist, mit diesen kaum faßbaren Größen zu arbeiten. Ein anderer meiner Freunde [...] sieht in ihnen (in besonderen Weisen des Atmens, M.B.) eine sozusagen physiologische Begründung vieler Weisheiten der Mystik. Beziehungen zu manchen dunklen Modifikationen des Seelenlebens, wie Trance und Ekstase, lägen hier nahe. Allein mich drängt es, auch einmal mit den Worten des Schillerschen Tauchers auszurufen: ›Es freue sich, wer da atmet im rosigen Licht.‹«[118]

Im Unterschied zu Freud war sein Schüler C.G. Jung davon überzeugt, daß die wahre Quelle dieses Gefühls das Unbewußte selbst sei – ihm in seiner erfahrenen Unendlichkeit zu entsprechen, sei Aufgabe der Tiefenpsychologie. Die Frage nach deren Legitimität entscheidet sich also bereits an der Frage der irreduziblen Autonomie religiöser Affekte im Unterschied zu sozialen, sexuellen, moralischen oder ästhetischen Gefühlen.

C.G. Jung hat in diesem Sinn das religiöse Gefühl ernst genommen und von ihm und seinen Eigentümlichkeiten her ein tiefenpsychologisches System erstellt, in dem Entwicklungen und Fehlentwicklungen der menschlichen Psyche – in individueller wie kollektiver Hinsicht – unter religiösem Blickwinkel betrachtet werden. So sehr aber das religiöse Gefühl, »Religion« zunächst ein ganz und gar menschlicher Affekt ist, so sehr übersteigt dieser Affekt in seiner Gerichtetheit die menschliche Endlichkeit und zielt auf das Unendliche, Jung bezeichnet es als Gott, – seine Manifestation und sein Ort sind das Unbewußte.

Jungs Erläuterungen zum religiösen Gehalt der Psychologie, die damit immer auch Beiträge zur innerpsychischen – vortheologischen – Manifestation des Göttlichen sind, gewinnen in einigen Schriften den Charakter großer religiöser Literatur. Insbesondere seine 1952 erschienene *Antwort auf Hiob*, in der sich Jung offen und schonungslos sowohl mit seinen eigenen Obsessionen gegenüber dem alttestamentlichen Gottesbild als auch mit der Theodizeefrage auseinandersetzt, stellen ohne Zweifel – und auch jenseits ihres im engeren Sinne tiefenpsychologischen Gehalts – einen klassischen Beitrag zur allgemeinen Religionsphilosophie dar.

In dieser Schrift will sich Jung unverstellt und spontan mit all den Affekten, die er selbst gegenüber dem biblischen Gott aufbringt, der Erkenntnis innergöttlichen Lebens bzw. der Entwicklung Gottes zuwenden. Die *Antwort auf Hiob* setzt an jener Frage ein, die sich seit jeher allen frommen, Gott in ihrer Religion bekennenden Menschen gestellt hat, warum nämlich ein gerechter und guter Gott Unrecht und Leiden auch jener, die sich um ein gerechtes Leben bemühen, zuläßt oder gar verhängt. Im Jahre 1952, nach dem Zweiten Weltkrieg und nach den nationalsozialistischen Verbrechen, die Jung hier nicht ausdrücklich erwähnt, will er sich darüber Rechenschaft ablegen, »wie ein christlich erzogener und gebildeter Mensch unserer Tage sich mit den göttlichen Finsternissen, die sich im Hiobbuch enthüllen, auseinandersetzt.«[119] Die Arbeit an diesem Buch, das für Jung lediglich die Rolle eines Paradigmas für das besondere Gotteserlebnis der Gegenwart spielt, muß sich dem Affekt überlassen, muß »ungescheut und rücksichtslos« Ungerechtigkeit mit Ungerechtigkeit beantworten, »damit ich verstehen lerne, warum oder wozu Hiob verwundet wurde, und welche Folgen aus diesem Geschehnis für Jahwe sowohl wie für den Menschen erwachsen sind.«[120]

Das Bild, das Jung vom Gott der Hebräischen Bibel hat, den er stets als »Jahwe« bezeichnet, ist in der Tat erschrekkend einseitig. Dieser Gott sei maßlos und leide an seiner Maßlosigkeit, in ihm bestünden Güte und Zerstörungswillen unverbunden nebeneinander, ohne daß er sich dessen bewußt sei. Dieser Gott liebe keine kritischen Gedanken und sei auf fußfälligen Beifall angewiesen, andernfalls entstünde ein »Aufregungszustand mit blinder Zerstörungswut und dann ein Versinken in höllische Einsamkeit und qualvollstes Nichtsein«, gefolgt von einer allmählich wiedererwachenden, unaussprechlichen Sehnsucht nach dem Etwas, das »Mich Mir Selber fühlbar macht«.[121] Dieser Gott ohne Zukunft und Vergangenheit, dessen Bund mit dem Volk Israel Jung mit einem antisemitischen Ressentiment zum »Vertrag, der für beide Teile Vorteile versprach«[122], gerät, erweist sich jedenfalls im Buch Hiob als ein Verbrecher, der dunkle Taten wie Raub, Mord, vorsätzliche Körperverletzung und Rechtsverweigerung ohne jedes Mitgefühl und ohne jede Reue begeht. Bei der Lektüre des Buches Hiob wird Jung unwiderruflich klar, daß der Gott der Hebräischen Bibel auf absolute Unterwerfung unter seinen blinden Willen zielt. Das Buch Hiob schließt bekanntlich – wofür Jung eine Erklärung hat – mit einem offenen Ende, denn sonst drohe »ein ungewöhnlicher Skandal in der Metaphysik mit vermutlich verheerenden Folgen, und niemand ist mit einer rettenden Formel bereit, um den monotheistischen Gottesbegriff vor einer Katastrophe zu bewahren.«[123]

Über eine Fülle religionsgeschichtlicher Umwege, in denen zumal die weiblichen Hypostasen Gottes – etwa in Gestalt der biblischen Weisheit – eine hervorragende Rolle spielen, kommt Jung zu dem Schluß, daß die Erfahrung des grausamen Gottes zu einer Versöhnung Gottes und der Menschen führen muß, dazu, daß Gott nun Mensch werden will. Nachdem sich ein standhafter Mensch, Hiob, Gott als moralisch überlegen gezeigt, nachdem, wie Jung sagt, das Geschöpf den Schöpfer überholt habe, müsse Gott sich selbst erneuern. Diese Erneuerung bestehe in nichts anderem, als sich ganz und gar in die Rolle der von ihm gequälten Menschen hineinzuversetzen, nicht symbolisch, sondern wirklich. In Jesu Kreuzestod wolle Gott erfahren, was er den Menschen angetan hat und sich somit wandeln. Das unverkennbar zornmütige und unreflektierte, emotionale Handeln Jesu stelle in dieser Perspektive ein Nachwirken der Gestalt des biblischen Gottes dar:

»Er scheint nicht mit sich selber konfrontiert zu sein. Von dieser Regel gibt es nur *eine* bedeutende Ausnahme, nämlich den verzweiflungsvollen Aufschrei am Kreuz: ›Mein Gott, mein Gott, warum hast Du mich verlassen?‹ Hier erreicht sein menschliches Wesen Göttlichkeit, nämlich in dem Augenblick, wo der Gott den sterblichen Menschen erlebt und das erfährt, was er seinen treuen Knecht Hiob hat erdulden lassen. Hier wird die Antwort auf Hiob gegeben [...].«[124]

Dieses Selbstopfer Gottes, das ihn gleichsam vor sich selbst und seiner Maßlosigkeit retten soll, ermöglicht zugleich die Genugtuung über sich selbst. Die furchtbare moralische Niederlage, die Gott angesichts der Standhaftigkeit Hiobs erfuhr, werde in gewisser Weise durch Jesu Kreuzestod, also durch ein Selbstopfer kompensiert, das nicht nur Gott mit den Menschen, sondern vor allem Gott mit sich selbst versöhnt. Auf diesem Glauben beruht das Christentum, also jene Religion, die im Selbstopfer Gottes ein Erlösungswerk beglaubigt, das die Menschen von der Gottesfurcht erlöst.

Soweit geht Jungs tiefenpsychologisch angeleitete Deutung der Menschwerdung Gottes kaum über ältere christliche, antijudaistische Theologumena hinaus, die dem Gott der

Hebräischen Bibel alles Schlechte und Jesus, als dem *Ersten Neuen Mann* (Franz Alt) alles Gute zurechnen.[125] Jung bleibt jedoch bei dieser schlichten Auffassung nicht stehen, sondern geht, indem er zunächst den antijudaistischen Grundgedanken radikalisiert, einen Schritt weiter. Der Glaube an einen liebenden Vater, der seinen eingeborenen Sohn zur Rettung des Menschengeschlechtes gesandt habe, verdrängt den weiterhin bestehenden »Jahwe« mit seinen gefährlichen Affekten. Auf diese Schwierigkeit hat die christliche Gnosis und mit ihr der häretische »Kirchenvater« Marcion mit dem Gedanken geantwortet, den Vater Jesu von dem Gott der Hebräischen Bibel zu trennen. Daß dieser einfache gnostische Weg für Jung nicht gangbar ist, wird an der inneren Logik seiner Konstruktion deutlich – ohne die Grausamkeit Gottes und die Standhaftigkeit des Menschen Hiob entfiele jede Notwendigkeit der Menschwerdung. Im Gegenteil, in Jungs Perspektive kann nur die von den Kirchen im Unterschied zu den Gnostikern immer wieder beschworene Einheit der beiden Testamente und ihrer Gottesbilder, des alttestamentlichen »Jahwe« und des neutestamentlichen »Christus«, eine angemessene Einstellung gegenüber Gott begründen:

»Er tut ja in der Tat nichts anderes, als daß er selber in der Gestalt seines Sohnes die Menschheit vor sich selber rettet [...] Es ist geradezu so, als ob Gottvater ein anderer Gott wäre als der Sohn, was aber keineswegs die Meinung ist. Es besteht auch keine psychologische Notwendigkeit zu einer derartigen Annahme, denn die unzweifelhafte Unreflektiertheit des göttlichen Bewußtseins genügt zur Erklärung seines merkwürdigen Verhaltens. Mit Recht gilt darum die Gottesfurcht als der Anfang aller Weisheit. Auf der anderen Seite darf man die hochgepriesene Güte, Liebe und Gerechtigkeit Gottes nicht als bloße Propitiierung (Aneignung, M.B.) auffassen, sondern man muß sie als genuine Erfahrung anerkennen, denn Gott ist eine coincidentia oppositorum.«[126]

Jungs Rechtfertigung auch noch der Gottes*furcht* resultiert zwingend – all seinen harmonistischen Nachfolgern und Nachfolgerinnen zum Trotz – aus der von ihm vertretenen Theorie einer Integration der dunklen Seiten des Unbewußten, die durch ihre Integration in ein Selbst ja nicht einfach verlorengeht, sondern verwandelt erhalten bleibt. Diese dunklen Seiten bleiben eine stetige Herausforderung und Beunruhigung des menschlichen Unbewußten. Jungs Theorie der legitimen Verbindung von dunklen und hellen Seiten Gottes ist allemal auch Resultat einer historischen Erfahrung. In einer Deutung der Apokalypse des Johannes heißt es:

»[...] die Atombombe hängt über uns wie ein Damoklesschwert, und dahinter lauern die unvergleichlich furchtbaren Möglichkeiten des chemischen Luftkrieges, der selbst die Greuel der Apokalypse in den Schatten stellen könnte [...] Wer möchte im Ernst behaupten, daß Johannes wenigstens die Möglichkciten, die in der Endzeit des christlichen Äons unsere Welt unmittelbar bedrohen, nicht richtig vorausgesehen habe [...] Gott hat einen furchtbaren Doppelaspekt: ein Meer der Gnade stößt an einen glühenden Feuersee, und das Licht der Liebe überstrahlt eine dunkle Glut, von der es heißt: ardet non lucet – sie brennt, aber sie leuchtet nicht. Das ist das ewige Evangelium (im Gegensatz zum zeitlichen): man kann Gott lieben und muß ihn fürchten.«[127]

Allerdings ist das Werk, der Prozeß der Versöhnung des dunklen Gottes mit den mit Bewußtsein begabten Menschen, durch die Integration des Dunklen, des Bösen, des Zürnenden nicht abgeschlossen – das Neue Testament weist darauf hin, daß Jesus »Christus« nicht das letzte Wort in diesem Prozeß sein könne. Vielmehr spricht das Neue Testament selbst, im Johannesevangelium von einem Parakleten, einem Beistand, den Gott durch Jesus einer Reihe von Menschen, ja allen Menschen verheißen habe. Damit ist ihnen zugleich versprochen, ebenso wie Jesus mit Gott eins zu werden. Die durch den Parakleten verheißene kontinuierliche enge Beziehung der Menschen zu Gott werde durch das Wirken des Heiligen Geistes, der dritten Person Gottes, vervollständigt. Das Wirken des Geistes auf das Bewußtsein der Menschen läßt sich dann – etwa im Geist der deutschen Mystik Meister Eckharts[128] – als Zeugung und Geburt Gottes im natürlichen Menschen, d. h. für Jung im menschlichen Unbewußten, verstehen.

Der gesamte Entwicklungsgang vom alttestamentlichen »Jahwe«, der auf Rat der göttlichen Weisheit Mensch werden will, über den Christus, der nur der Erste ist, bis zum Heiligen Geist, durch den in allen Menschen Gott gezeugt wird, ist Ausdruck eines Bewußtwerdens des menschlichen Gottesbildes. Das bedeutet in letzter Instanz, daß der Widerstreit von Unbewußtem und Bewußtsein im Menschen, der Andrang unbewußter Inhalte über die Bewußtseinsschwelle und die Verhüllung dieser unbewußten Inhalte eine innere Spannung Gottes artikuliert: »Gott will Mensch werden, aber nicht ganz.«[129] Die Aufgabe eines jeden einzelnen Menschen bestünde dann darin, mit aller Kraft der Güte Licht in sein eigenes Unbewußtes zu werfen, da es ohne diese Kraft unmöglich sei, »den dunklen Gott, der auch Mensch werden will, aufzunehmen und auszuhalten, ohne zugrunde zu gehen«.[130]

In dieser kräftigen religiösen Prosa, bei der schließlich nicht mehr auseinanderzuhalten ist, wo Jung lediglich Bilder und Entwicklungsverläufe der biblischen Religion tiefenpsychologisch deutet, oder wo er sich diese Bilder selbst zu eigen macht, gelingen Sätze, die zum Beeindruckendsten gehören, was religiöses Denken in neuerer Zeit hervorgebracht hat. Diese Sätze artikulieren zugleich die Misere der schuldig gewordenen deutschsprachigen protestantischen Intelligenz in einer Weise, in der zeitbezogene Sinngebung des eigenen Scheiterns am Nationalsozialismus und epochenüberspannende christliche Mystik miteinander verschmelzen.

»Man kann zwar auf die unverdiente Gnade Gottes, der unsere Gebete erhört, hoffen. Aber Gott, der unsere Gebete *nicht* erhört, will auch Mensch werden, und dazu hat er sich durch den Heiligen Geist den kreatürlichen Menschen mit dessen Dunkelheit ausersehen; den natürlichen Menschen, den die Erbsünde befleckt und den die gefallenen Engel die göttlichen Wissenschaften und Künste gelehrt haben. *Der schuldige Mensch ist geeignet und darum ausersehen,* zur Geburtsstätte der fortschreitenden Inkarnation zu werden, nicht der unschuldige, der sich der Welt vorenthält und den Tribut ans Leben verweigert, denn in diesem fände der dunkle Gott keinen Raum.«[131]

Mit der Lehre von der Schwelle zwischen Bewußtsein und Unbewußtem, die – zumal beim schuldig gewordenen Menschen – zur Geburtsstätte eines nicht mehr lieblich, sondern dämonisch gezeichneten Gottes wird, hat Jung die christliche Mystik zu Ende gebracht und zugleich Grundzüge einer Ethik des nuklearen Zeitalters gelegt. Eine Menschheit, der mit Atombombe und chemischen Kampfstoffen göttliche Macht in die Hand gegeben sei, könne angesichts ihrer Gefährdung nicht mehr blind und unbewußt bleiben. Ermutigt und befestigt werde diese Entwicklung durch eine Vervollständigung Gottes, die sich im kollektiven Unbewußten und dann im verkündeten Dogma der katholischen Kirche ankündigte. Der Prozeß der kollektiven rettenden Individuation werde an dem von Pius XII verkündeten Dogma von der Himmelfahrt Mariä deutlich. Obwohl im katholischen Glauben seit mehr als tausend Jahren bekannt sei, daß die Gottesmutter in nächster Nähe der göttlichen Dreifaltigkeit wohne, konnte dies erst im Jahre 1950 zum Ausdruck gebracht werden, so daß dieser Erfahrung auch objektive Geltung zugemessen wurde. Jung, der – soziologisch blind – alleine auf psychologische Vermutungen baut, bemängelt, daß der Protestantismus die säkularen Bestrebungen zur Gleichberechtigung der Frau verkannt habe: »Die Gleichberechtigung verlangt nämlich ihre metaphysische Verankerung in der Gestalt einer ›göttlichen‹ Frau, der Braut Christi.«[132] Auch wenn nach strikt theologisch-dogmatischer Ansicht die Erhebung der Mutter Gottes zur Himmelskönigin, keineswegs ihre Erhebung zur Göttin legitimiert, ändert sich nichts an der Dynamik dieses Dogmas für das menschliche Unbewußte: »Das neue Dogma bedeutet eine erneuerte Hoffnung auf Erfüllung der die Seele im Tiefsten bewegenden Sehnsucht nach Frieden und Ausgleich der drohend angespannten Gegensätze.«[133]

Die Erhebung Marias bedeute auf der Ebene der Archetypen einen Verweis auf die Heilige Hochzeit von Gott und Göttin als Inbegriff der Integration und weitere Hoffnung auf ein dieser Hochzeit entsprießendes göttliches, rettendes Kind, das für das Neue und Heilsame steht. Jung deutet die Dogmatik der katholischen Kirche nach dem gleichen Verfahren und der gleichen Logik, mit der er die scheinbar unverständlichen Allegorien der Alchemie entschlüsselt hatte. Die Tatsache, daß in der protestantischen Welt die bürgerliche Gleichberechtigung der Frauen ungleich schneller verlaufen ist als in der Welt des Katholizismus, scheint ihn jedoch zu widerlegen, wie ihm der Umstand, daß infolge der vollendeten Säkularisierung die gleiche protestantische Welt sich heute unruhig und ungeborgen neuen Bilderwelten, asiatischen und anonymen, therapeutischen Religionen zuwendet, Recht gibt.

3. Zeitdiagnosen

Die *Antwort auf Hiob* zeigt, wie eine auf die allgemeine Religionsgeschichte angewendete Archetypenlehre schließlich in eine überraschende Zeitdiagnose und erstaunliche Einsichten umschlagen kann. Dies gilt auch für Jungs Versuch, den Nationalsozialismus auch dann noch zu verstehen, als er sich von ihm schon abgewendet hatte, sowie für die Deutung eines massenhysterischen Phänomens der fünfziger Jahre, die UFO-Furcht.

Im Jahr 1936 hatte Jung einen Aufsatz über den Germanengott Wotan und dessen Kult im nationalsozialistischen Deutschland veröffentlicht, in dem er insbesondere auf das Rasende, Berserkerhafte und Primitive dieses stürmenden, raunenden und kündenden Gottes hinweist. Anlaß dieses Aufsatzes waren einerseits die Bemühungen einiger, dem Nationalsozialismus nahestehender Professoren der Religionswissenschaft um die Schaffung einer künstlichen völkischen Religion, andererseits das Bestreben der »Deutschen Christen«, das Christentum zu »entjuden«. Aus alledem schließt Jung, daß ein »Gott« die Deutschen heimsuche und Deutschland das Land spiritueller Katastrophen sei. Ursache und Ausdruck dieser Katastrophe sei ein Archetyp namens Wotan, der als autonomer psychischer Faktor das kollektive Leben der Deutschen beeinflusse. Der sogenannte Führer Adolf Hitler, selbst ergriffen, habe die Deutschen so gepackt, »daß sich alles in Bewegung setzt, ins Rollen gerät und unvermeidlicherweise auch in gefährliches Rutschen.«[134] Im Zuge des Ergriffenseins durch den Archetyp Wotan seien nicht nur die Grundlagen des Christentums in den Seelen der Menschen in Deutschland gefährdet, sondern auch das, was ihnen an Individualität eigen sei. In seiner subjektiv ehrlichen Auseinandersetzung mit dem Nationalsozialismus benennt Jung sogar die Gefahren des von ihm vertretenen Archetypenkonzepts, wenn er richtig feststellt, daß jede menschliche Kontrolle ende, wenn das Individuum in einer Massenbewegung untergeht und die Archetypen zu wirken beginnen.

Gewiß – nicht das Archetypenkonzept bedroht die Individualität, sondern die entfesselten Archetypen. Gleichwohl bleibt unbestimmt, welchen Ort die wirklichen, endlichen, konkreten Individuen mit ihren unverwechselbaren Lebensgeschichten haben, wenn auch das Selbst nur ein Archetypus unter anderen ist. Diese systematische Unklarheit mußte zwingend zu einem politischen Skandal führen, als bedeutsame Züge eines individuellen Selbst, nämlich die Fähigkeit zur Verantwortung und die Übernahme von Schuld, auf der Tagesordnung standen. Als Jung im Juni 1945, kurz nach der Kapitulation, in einem Aufsatz unter dem Titel »Nach der Katastrophe« von einer psychologischen Schuld der Deutschen im Sinne einer Kollektivschuld sprach und entsprechend meinte, »alle Deutschen seien bewußt oder unbewußt, aktiv oder passiv an den Greueln beteiligt [...] Man wußte nichts von den Dingen und wußte sie doch, gleichsam in einem geheimen contrat genial«[135], mußte dies den schärfsten Protest all jener provozieren, die sich noch an Jungs eigenes NS-Engagement erinnerten. Zu ihnen gehörte der Schriftsteller Erich Kästner, der Jung in einem »Splitter und Balken« überschriebenen Artikel einige Sätze aus einem von ihm 1945 gegebenen Interview vorhielt. Jungs Sätze lauteten: »Die einzige Erlösung liegt [...] in der restlosen Anerkennung der Schuld. Mea culpa, mea maxima culpa! [...] Wir lieben den Verbrecher und interessieren uns brennend für ihn, weil der Teufel uns, in der Betrachtung des Splitters den Balken im eigenen Auge vergessen läßt.«

Diese Äußerungen Jungs kommentierte Kästner mit dem sarkastischen »bedauernden« Hinweis, daß

»Jung seinen Balken nicht in einem Sondergüterzug nach Deutschland geschickt hat. Der Balken hätte in diesem Winter vielen Gegnern des Regimes und ihren fröstelnden Familien auf Monate zu einem warmen Ofen verholfen. Aber leider gehört Jung ja zu denen, die zwischen den Gegnern und den Nazis nicht jenen beliebigen, gesinnungsmäßigen Unterschied machen. Und so hat er uns seinen Balken nicht gegönnt.«[136]

Der Hinweis auf Jungs Selbstgerechtigkeit trifft nicht nur seine Person, sondern auch eine systematische Schwachstelle seiner Theorie der Individualität. Wo sogar das Selbst nur die subjektive Realisierung eines Archetypus ist, der das Leben eines Menschen ergreift, bleiben Schuld und Verantwortung ebenso wie Unschuld und Zivilcourage unpersönliche Größen, die allen Beteuerungen zum Trotz in einem moralischen Diskurs nicht zu verwenden sind. Diese Schwierigkeit scheint Jung mit jeder Tiefenpsychologie zu teilen, auch der freudianischen. Diese gibt aber immerhin über ihr Konstrukt des durch Sozialisation und Triebschicksal realitätstüchtig werdenden Ichs einen Ort an, von dem aus eine moralische Kategorie wie Verantwortung verständlich gemacht werden kann. Jungs Konzept eines integrierten, individuierten Selbst ist mit Freuds Konzeption eines realitätstüchtigen Ich nicht deckungsgleich und keinesfalls mit der kognitiven Theorie eines autonomen Subjekts begrifflich zu vereinbaren. Deshalb muß seine interessante und in der Sache durchaus diskutable Überlegung zur Kollektivschuld, die sozialwissenschaftlich längst durch eine Theorie vom »arbeitsteiligen Täter« bei der Massenvernichtung präzisiert wurde, zweideutig und damit unzureichend bleiben. Moralisch und juristisch nämlich läßt sich von Schuld nur bei Individuen sprechen. Die Annahme einer Kollektivschuld unterstellt zugleich ein Kollektivsubjekt – in diesem Fall das deutsche Volk, das vom Archetypus Wotan heimgesucht wurde. Fraglich bleibt, ob sinnvoll von einem Kollektivsubjekt in den gleichen Begriffen gesprochen werden kann wie von einem Individuum.

Der moralischen Ambivalenz der jungschen Zeitdiagnose korrespondiert auch eine wissenschaftlich-theoretische Zweideutigkeit. Um seinen vielfältigen religiösen und parapsychologischen Erfahrungen einen theoretischen Unterbau zu geben, ließ sich Jung auf spekulative Überlegungen zum Begriff der Gleichzeitigkeit, zur Synchronizität auch in den Naturwissenschaften ein – ein Programm, an dem er gemeinsam mit dem Quantenphysiker Wolfgang Pauli arbeitete. Die damals ungewöhnliche, aber heute im Zuge der New Age-Bewegung schon vertraute Verquickung von Physik und Tiefenpsychologie führte Jung gegen Ende seines Lebens zur in jeder Hinsicht zweideutigen Analyse einer zeitgenössischen Massenhysterie: der UFO-Furcht. Auf der einen Seite sah er in den damaligen Berichten über UFOs innerpsychische Ereignisse, Archetypen, die ein neues erdgeschichtliches Zeitalter ankündigten. Der Blick der Menschen an den Himmel, die runden, das Selbst verkörpernden UFOs mit ihrer Mandalagestalt verweisen auf den Drang nach Neuem. Daß diese Überlegung Jungs zutrifft, beweisen nicht zuletzt die vielfältigen UFO-Erscheinungen, die in Rußland kurz nach dem Zusammenbruch der Sowjetunion gesichtet wurden. Darüber hinaus wollte Jung aber, seinem holistischen, auf Entsprechungen angelegten Weltbild gemäß, auf die Frage nach der physikalischen Wirklichkeit der UFOs nicht von vorneherein negativ reagieren. Jung legte ein UFO-Archiv an, sammelte

Zeugenaussagen, Traumberichte und Fachzeitschriften, um zudem anzuregen, UFO-Zeugen ernsthaften Glaubwürdigkeitsprüfungen zu unterziehen.[137] Die Zeichen am Himmel, für die sich Jung in seinen letzten Lebensjahren in tiefenpsychologischer *und* physikalischer Hinsicht interessierte und dabei Gefahr lief, seine Seriosität zu verspielen, variieren aber nur seine lebenslange Faszination von plötzlich hervortretendem Neuen, vom unerwartet Heilbringenden, das unverhofft und allenfalls erahnt aus den Tiefen des kollektiven Unbewußten zum Bewußtsein drängt, um Auskunft darüber zu geben, in welchem Zustand sich der Individuierungsprozeß dieses grenzenlosen Unbewußten, des empirisch faßbaren Gottes befindet.

Jungs zeitdiagnostische Versuche, mit Hilfe des Archetypus Wotan den Nationalsozialismus zu erklären und mit der ernsthaften Untersuchung des UFO-Phänomens die vermeintliche Aufbruchstimmung der Menschen nach dem Zweiten Weltkrieg zu erklären, lassen schärfer, als dies bei seinen Mythendeutungen oder seinen religionspsychologischen Untersuchungen der Fall ist, die Problematik des wissenschaftlichen, des wissenschaftstheoretischen Status' seiner Theorie aufbrechen. In dem Augenblick, da die romantische Theorie der Seele ihr angestammtes Gebiet verläßt und sich auf das Feld der Sozial- und sogar der Naturwissenschaften begibt, verschärfen sich die explanativen Ansprüche, müssen die möglicherweise als heilsam verspürten Wirkungen dieser Tiefenpsychologie den Fragen nach der theoretischen Konsistenz, der empirischen Überprüfbarkeit und der Erklärungskraft im Vergleich zu anderen Theorien weichen.

VI. Systematische Rekonstruktion und weiterführende Überlegungen

Jungs komplexe Psychologie präsentiert sich als eine tiefenhermeneutische Theorie strukturalistischer Herkunft. Das hermeneutische Verfahren, durch Amplifikation und Vergleich den Kern eines Traums, eines Bildes oder einer Erzählung genauer zu bestimmen, verbindet sich mit Überlegungen zu universellen, gegenüber dem Bewußtsein nicht immer klar abgrenzbaren innerpsychischen Strukturen. Tiefenhermeneutisch ist diese Theorie zu nennen, da sie nicht von einer freien Verfügbarkeit oder Abrufbarkeit dieser Strukturen durch ein individuelles Bewußtsein ausgeht, sondern von einer systematischen Verdecktheit und Vorgängigkeit der Strukturen gegenüber dem alltäglichen, tiefenpsychologisch nicht belehrten Bewußtsein. Dabei verbinden sich hermeneutische Methodologie und strukturalistische Ontologie derart, daß die sachlichen Annahmen, der Bereich der Gegenstandskonstitution, der strukturalistischen Ontologie unterliegen, während die Erkenntnis dieser Strukturen alleine einem verstehenden, nicht einem beobachtenden, erklärenden und prognostizierenden Verfahren obliegen. Die Verbindung von strukturalistischer Ontologie und hermeneutischer Methodologie sind den neueren Sozialwissenschaften keineswegs fremd – einem strukturalistischen Ansatz folgt nicht nur die *Strukturale Anthropologie*«[138] von Claude Lévi-Strauss, sondern ebenso die sogenannte »objektive Hermeneutik« Ulrich Oevermanns.[139] In dieser Hinsicht sind Jungs allgemeine methodologische Grundannahmen keineswegs exotisch. Probleme dürften sich eher bei der Explikation des angewandten hermeneutischen Verfahrens ergeben. Stärkere Einwände scheint Jungs strukturale Ontologie aufzuwerfen, die als vornehmlichen Gegenstand ein unbegrenztes Unbewußtes und ihm innewohnende Archetypen postuliert, die nicht nur genetisch angelegt, sondern zugleich in einem gehaltvollen Sinne als »Gott« oder »göttlich« charakterisierbar sein sollen. Die Unbegrenztheit und vorgängige Unbewußtheit der Archetypen schreibt ihnen sowohl einen kollektiven, das einzelne Individuum übergreifenden als auch einen aktiven, dynamischen Charakter zu. Lassen sich auch für die Gegenstände der Jungschen Theorie – analog zu ihren methodologischen Grundannahmen – in den Theorien und Verfahren gängiger akademischer Theorien Komplemente finden? Lassen sich also auch für Jungs Archetypen Entsprechungen aufweisen?

Zunächst ist darauf hinzuweisen, daß sich die Theorie der Archetypen, insofern sie auf ein kollektives Unbewußtes zielt, durchaus in den Bahnen auch der Metaypsychologie und der Kulturtheorie Sigmund Freuds und seiner Schule bewegt. Daß es sich bei bestimmten Formen und Inhalten des Unbewußten um anthropologische Universalien handelt, z. B. der in der Geschichte der Psychoanalyse heftig umstrittene Ödipuskomplex, ist, jedenfalls für die orthodoxe Psychoanalyse, ebenfalls gewiß. Strittig ist innerhalb der älteren Tiefenpsychologie allenfalls, ob diese anthropologischen Universalien genetisch oder kulturell tradiert werden. Aber auch für die Vermutung genetisch angelegter Inhalte des Unbewußten lassen sich in der modernen Anthropologie rationale Gründe und Belege finden. Die moderne Soziobiologie, die die ältere Verhaltensbiologie von Konrad Lorenz um populationsgenetische Überlegungen ergänzt hat, bietet dafür reichhaltige Belege auf. Schon Konrad Lorenz hatte früh in einer naturalistischen Interpretation der kantischen Erkenntnistheorie darauf hingewiesen, daß die Strukturen von Weltwahrnehmung und Weltkonstitution auf angeborenen Ordnungsrastern und Orientierungsmustern beruhen, die sich – so die moderne Soziobiologie – im Prozeß der Evolution für die menschliche Gattung als überlebensdienlich erwiesen haben. Jungs Theorie der Archetypen läßt sich damit als *rationales Programm zum Verstehen ererbter, affektiv bedeutsamer Sinn- und Bedeutungsstrukturen rekonstruieren.* Dies soll in fünf Schritten kurz erläutert werden:

Es liegt dieser Rekonstruktion die soziobiologische Vermutung angeborener Ordnungs- und Bedeutungsmuster zugrunde, die

– mit den Theorien des kollektiven Unbewußten in der Freudschen Schule kompatibel sind.

– Diese innerpsychischen Ordnungsmuster finden ihr Komplement in den universellen anthropologischen Grundformen menschlicher Gesellung, wie sie der französische Strukturalismus nachweisen konnte.

– Diese Formen symbolischer Ordnung, die überwiegend in bildlichen Zeichen, in Ikonen kulturell repräsentiert sind, lassen sich durch eine Tiefenhermeneutik entschlüsseln, die – wie die Freudsche Psychoanalyse – am menschlichen Unbewußten ansetzt, sich aber

– im Unterschied zur Freudschen Psychoanalyse nicht eines sprachtheoretischen Modells des Textverstehens, sondern eines ikonographischen Modells des Bildverstehens bedient.

Diese fünf Elemente lassen sich im Unterschied zu Jungs religiösen oder physikalischen Gedanken rational rekonstruieren – die Gleichsetzung des Unbewußten mit Gott hingegen und Jungs parapsychologische, quantenphysikalische Spekulationen haben sich bisher jedenfalls – von Außenseitern der New Age-Philosophie wie Fritjof Capra abgesehen[140] – innerwissenschaftlich nicht durchsetzen können, sogar dann nicht, wenn sich in den spekulativen Spitzen der akademischen Philosophie, etwa bei Carl Friedrich von Weizsäcker durchaus Überlegungen finden, die eine starke Affinität zu Jungs diesbezüglichen Ansichten aufweisen.[141]

Rein religionswissenschaftlich ist die Erläuterung Gottes und der Götter als Projektionen des menschlichen Unbewußten spätestens seit Ludwig Feuerbach eine beinahe triviale Einsicht, während kein im engeren Sinne natur- oder sozialwissenschaftlicher Weg denkbar ist, der unbewußte Projektionen in einem substantiellen Sinn als »göttlich« erläutern könnte. Daß dies trotz Jungs lebenslanger Anstrengungen unmöglich ist, liegt an einem einfachen (und deshalb besonders schwer zu entdeckenden) philosophischen Kategorienfehler Jungs. Um unbewußte Projektionen, Inhalte oder eben Archetypen in einem gehaltvollen Sinn als »göttlich« bezeichnen zu können, müßten wir über einen unabhängig gewonnenen Begriff des Gottes und seines Wirkens verfügen. Die religionswissenschaftliche Schule, auf die sich Jung zu stützen scheint, die religionsphänomenologische Schule Rudolf Ottos, hat das auf der Basis der im Alten Testament beglaubigten Gotteserfahrung eines »Fascinosum et tremendum » bestimmt, also als jenes, das uns zugleich unendlich anzieht und in Furcht versetzt. Läßt sich daraus umgekehrt schließen, daß alles, was uns in diesem Sinne anzieht und in Furcht versetzt, göttlich ist? Es mag sein, daß alles, was schön ist, in uns angenehme Gefühle erregt – folgt daraus umgekehrt, daß alles, was in uns angenehme Gefühle erregt, schön ist? Gott, das hat nicht nur die abendländische

Philosophie spätestens seit Kant und seiner Kritik aller Gottesbeweise gezeigt, ist ein Begriff, der uns im Paradigma empirisch überprüfbarer Erfahrungswissenschaften nicht zugänglich ist – alleine schon deshalb, weil »Gott« nach der Tradition des jüdischen und christlichen Glaubens, in der Jung ja aufwuchs, allen menschlichen Fassungsversuchen gegenüber inkommensurabel ist. Wissenschaftlich erforschbar ist alleine das religiöse Weltverhältnis der Menschen, nicht aber der vermutete Gegenstand dieses Weltverhältnisses. Denn für eine wissenschaftliche, eine erfahrungswissenschaftliche Erforschung Gottes müßte vorher seine Existenz in einem wissenschaftlichen Sinne mindestens als plausibel unterstellt werden können – eine Annahme, auf die sowohl die moderne Wissenschaft als auch die Theologie programmatisch verzichtet haben. Und zwar schon deshalb, weil ein wissenschaftlich beweisbarer und erfahrbarer Gott jene ihm vom Glauben immer wieder zugesprochene absolute Inkommensurabilität und Souveränität über alle menschlichen Bemühungen verlieren und damit seinen Begriff verfehlen würde. Wenn Jung auf entsprechende Einwände eingeräumt hat, die Existenz eines metaphysischen Gottes gar nicht bestritten, sondern lediglich Fragen gestellt zu haben[142], ist damit lediglich eine Absicht bekundet, aber kein systematisches Problem gelöst. Indem Jung hartnäckig und systematisch die Grenzen zwischen Religionspsychologie und Religion, zwischen religiöser Erfahrung und der Erforschung religiöser Erfahrung verwischt, zieht er – ganz im Sinne der romantischen Philosophie – jene Grenzen wieder ein, die die moderne Ausdifferenzierung der Wissenschaften gezogen hat. Es mag sein, daß eine künftige Wissenschaft ebenso wie schon heute die New Age-Philosophie diese Grenzen einmal einziehen wird. Es ist aber unseriös, im Vorgriff auf derartige mögliche künftige Veränderungen im Wissenschaftsbegriff heute so zu tun, als seien diese Grenzen bereits aufgelöst. Dies gilt auch dann, wenn wir aus der Wissenschaftsgeschichte wissen, daß wissenschaftliche Innovationen oftmals durch derartige Vorgriffe zustandegekommen sind.[143] Im gegenwärtigen Wissenschaftsverständnis von Sozial- und Geistes-, Natur-, Religions- und theologischen Wissenschaften jedenfalls lassen sich Jungs Spekulationen kaum reformulieren, geschweige denn erhärten. Es wäre hingegen schon viel gewonnen, wenn sich der harte Kern seiner Theorie, nämlich eine *strukturalistische Theorie kulturell universaler Bildsymbole und ihrer psychischen Dynamik* – den politischen Auslassungen, weltanschaulichen Einfällen und religiösen Bedürfnissen ihres Begründers zum Trotz – rational reformulieren und kulturwissenschaftlich fruchtbar machen ließe.

1. Der Beitrag der Soziobiologie

Die neuere Entwicklungspsychologie läßt es – wider herkömmliche Erwartungen – wahrscheinlich werden, daß der Einfluß angeborener Faktoren auf Persönlichkeitsmerkmale wie Intelligenz und besondere kognitive Fähigkeiten mit wachsendem Alter zunimmt.[144]

Die neue, nicht mehr vom einzelnen Tier, sondern von der Populationsgenetik ausgehende Soziobiologie, die sich mit der Frage nach der Überlebensdienlichkeit ererbter Verhaltensweisen für einzelne Gene befaßt, geht davon aus, daß es genetisch vorgegebene Vorlieben für bestimmte optische Muster und Linienführungen, bzw. ererbte Dispositionen zur Angstauslösung vor bestimmten optischen und akustischen

Gestalten gibt. Krankhafte Angstzustände werden demnach nicht durch moderne Errungenschaften wie Schußwaffen, Automobile oder elektrische Geräte ausgelöst, sondern durch jene Gefahren, »die den Frühmenschen in seiner natürlichen Umwelt am stärksten bedroht haben, etwa [...] geschlossene Räume, tiefe Abgründe, Gewitter, fließendes Wasser, Schlangen und Spinnen«.[145] Ähnliche Überlegungen werden in Bezug auf eine mögliche allgemein menschliche genetische Disposition zu neurotischem, zwanghaftem Verhalten angestellt. Es fällt auf, daß jedenfalls die bekanntesten zwanghaften Verhaltensweisen, etwa Wasch- oder Reinlichkeitszwänge, die Sucht, die Offenheit oder Geschlossenheit von Türen und Fenstern, sowie Formen des Vermeidungsverhaltens wie Platzängste etc. sich allesamt auf basale Verhaltensweisen des Putzens, der territorialen Sicherung und des Neugierverhaltens beziehen. Darüber hinaus konnte die Tierverhaltensforschung zeigen, daß bestimmte vererbte körperliche Gesten, leibliche Konfigurationen wie Kopfnikken, Totstellen und Präsentieren des Penis als Verhaltensauslöser für andere Tiere fungieren und darüber stabile Sozialbeziehungen herstellen.[146] Auch die Präsentation des Phallus und der Vulva[147] erweisen sich in einer kulturübergreifenden Perspektive als symbolische Muster, als überdeterminierte, aus der Sexualität abkünftige, sie aber zugleich deutende Schemata. Auch die religiösen Liturgien der Hochreligionen, zumal des Christentums, werden heute unter dem Gesichtspunkt ihres Appellcharakters an tiefliegende, ererbte Verhaltensbereitschaften untersucht.[148] Universelle Märchen und Mythen, wie etwa die Geschichten vom Hexensabbat, vom fliegenden Heer, vom Gang in die Unterwelt lassen sich in historischer und vergleichender Perspektive bis auf frühe, jungsteinzeitliche schamanische Riten zurückführen.[149] Diese schamanischen Riten lassen sich noch in den Opferritualen der griechischen Antike wiederfinden.[150] Die dort gepflogene Sakralisierung des Tötens orientiert sich ebenfalls an typischen Bildern, Bilder, die in verhaltensstabilisierenden Riten jeweils neu erzeugt werden. Riten und Rituale aber stabilisieren über das Ergriffensein angesichts bestimmter universeller Symbole[151] das Zusammenleben von Gruppen und erleichtern damit den Individuen auch den Übergang von einer Lebensstufe zur anderen.[152] Soziobiologie und verhaltensbiologisch argumentierende Religionswissenschaft zeigen somit, daß bestimmte optische Muster, Symbole und ihre Bedeutung wahrscheinlich nicht kulturell erlernt, sondern genetisch vorgegeben sind und zudem in der Kontingenzbewältigung des menschlichen Lebens im Rahmen von Ritualen eine bedeutende Rolle spielen. Sie kommen damit dem nahe, was Jung als Archetypen bezeichnet hat. Ist es zulässig, diese vorgegebenen Symbolformen als eine Art des kollektiven Unbewußten zu bezeichnen?

2. Der Beitrag der freudianischen Psychoanalyse

Auf jeden Fall ist die Annahme eines kollektiven Unbewußten keine Erfindung C.G. Jungs, sondern auch in der freudianischen Psychoanalyse angelegt, ja sogar von Freud ausdrücklich gefordert. Dieses kollektive Unbewußte beschränkt sich bei Freud aber nicht nur auf eine Psychologie der Masse bzw. auf eine Psychologie des Einzelnen in der Masse, sondern ausdrücklich auch auf Völker, ja auf die ganze Menschheit. Auffälligerweise ist es eine religionspsychologische Überlegung, in der diese Überlegungen Freuds am deutlichsten artikuliert werden. In seinen späten, im Jahre 1939 als zusammenhängendes Buch erschienenen Studien *Der Mann Moses und die monotheistische Religion* versucht sich Freud an der Erforschung der psychischen Grundlagen des jüdischen Volkes.[153] Über die Annahme von Volkscharakteren hinaus interessiert ihn die Frage, ob die von ihm versuchte Übertragung ontogenetischer Überlegungen vom Kinde auf die Phylogenese von Völkern auch auf die ganze Menschheit anwendbar ist:

»Wir haben aus den Psychoanalysen von Einzelpersonen erfahren, daß ihre frühesten Eindrücke, zu einer Zeit aufgenommen, da das Kind noch kaum sprachfähig war, irgend einmal Wirkungen von Zwangscharakter äußern, ohne selbst bewußt erinnert zu werden. Wir halten uns berechtigt, dasselbe von den frühesten Erlebnissen der Menschheit anzunehmen. Eine dieser Wirkungen wäre das Auftauchen der Idee eines einzigen großen Gottes, die man als zwar entstellte, aber durchaus berechtigte Erinnerung anerkennen muß. Eine solche Idee hat Zwangscharakter, sie muß Glauben finden. Soweit ihre Entstellung reicht, darf man sie als Wahn bezeichnen, insofern sie die Wiederkehr des Vergangenen bringt, muß man sie Wahrheit heißen.«[154]

Die Differenz zwischen Freud und Jung liegt einmal mehr nicht in der Annahme eines kollektiven Unbewußten, sondern in der Interpretation dieses Befundes. Während Jung den Inhalten des kollektiven Unbewußten eine gleichsam erfahrungsfreie, ja die Erfahrung erst ermöglichende Autonomie zuschreibt, scheint Freud das kollektive Unbewußte und seine Formen als kulturell tradierte und verbreitete frühe geschichtliche Erfahrungen zu analysieren, die aber hinter der Gestalt, die sie angenommen haben, nicht mehr zu identifizieren sind.[155] Freilich haben Freuds Schüler diese strikt empiristische Lesart der Theorie des kollektiven Unbewußten keineswegs streng bewahrt.

So hat der ungarische Psychoanalytiker Sandor Ferenczi (1873-1933) in seinem im Jahr 1924 erschienenen *Versuch einer Genitaltheorie* gewagt, die menschlichen Verhaltensweisen bei der Begattung, beim Urinieren und Defäzieren, also die Funktionen und Dysfunktionen der Genitalorgane unter Hinzuziehung embryologischer, physiologischer und evolutionsbiologischer Überlegungen als Ausdruck einer weit zurückreichenden phylogenetischen Entwicklung zu sehen. Dabei ist sich Ferenczi des spekulativen Charakters seiner Überlegungen ebenso bewußt wie seiner nicht naturwissenschaftlichen, sondern »nur« psychoanalytisch-induktiven Heuristik:

»Der Ausgangspunkt aller nun folgenden Spekulationen war also, um es gleich zu sagen, die außerordentliche Häufigkeit, mit der in den verschiedensten normalen und pathologischen psychischen Gebilden, in Produkten der individuellen und der Massenseele das Fischsymbol, d. h. das Bild eines im Wasser schwebenden oder schwimmenden Fisches, sowohl den Begattungsakt als auch die Mutterleibssituation ausdrückt. Es geschah nun bei einer besonders eindrucksvollen Beobachtung dieser Art, daß uns die phantastische Idee durch den Kopf schoß, ob diese Symbolik nebst der rein äußerlichen Ähnlichkeit der Situation des Gliedes in der Scheide, des Kindes im Mutterleib und des Fisches im Wasser, nicht auch ein Stück phylogenetisches Wissen um unsere Herkunft von wasserbewohnenden Wirbeltieren ausdrückt. Der Mensch stammt ja, wie es uns die Universitätslehrer einprägten, wirklich vom Fisch ab, und der berühmte Amphyoxus lanceolatus wird als Stammvater aller Wirbeltiere, also auch der Menschen geehrt.«[156]

Ferenczi entfaltet im folgenden ein dramatisches Bild der Evolution der Gattung, in dem er den Gedanken belegen möchte, daß die »ganze Mutterleibexistenz der höheren Säugetiere nur Wiederholung der Existenzform jener Fischzeit wäre [...]«.[157] Die menschliche Geburt wird so zur ontogenetischen Wiederholung jener phylogenetischen Katastrophe, die die Fische aufs Land zwang. Ferenczi kommt – nach einer Fülle funktional physiologischer Vergleiche zwischen den Umarmungen, Küssen und Begatten bei Mensch und Tier – zu dem Schluß, daß alle Formen menschlichen Sexualverlangens nichts anderes repräsentieren als den Wunsch der Rückkehr der Säugetiere ins Wasser. Der uns heute keineswegs mehr grotesk, sondern durchweg den Anstrengungen der Verhaltensbiologie entsprechend erscheinende Versuch Ferenczis, auch die einzelnen Phasen des menschlichen Geschlechtsaktes durch funktionale Vergleiche mit dem Werbungs- und Begattungsverhalten von Tieren zu erläutern und deren Begattungsverhalten amplifizierend zu erklären, erweist seine »Genitaltheorie« als Verbindungsstück zwischen Freuds Trieb- und Jungs Archetypentheorie. Indem Ferenczi davon ausgeht, daß die phylogenetische Katastrophe des Landgangs der Fische und die ontogenetische Katastrophe der Geburt eines menschlichen Individuums der gleichen Tendenz folgen, und daß sich diese Tendenz auch in einer vorbewußten Bildwelt Ausdruck verschafft, postuliert er nichts anderes als Jung mit seinen Archetypen, begründet dieses Postulat jedoch strikt freudianisch:

»Einzelheiten aus der Traum- und Neurosensymbolik weisen auf eine tiefreichende sinnbildliche Identifizierung des mütterlichen Körpers einerseits mit dem Seewasser, dem Meer, andererseits mit der nährenden ›Mutter Erde‹. Es könnte sich nun in dieser Symbolik nicht nur die Tatsache einen Ausdruck verschafft haben, daß man als Individuum vor der Geburt als wasserbewohnender Endoparasit, nach der Geburt aber längere Zeit als luftatmender Ektoparasit an der Mutter zehrt, sondern auch die, daß See und Erde in der Artentwicklung wirklich die Vorläufer der Mutter waren, die Stelle der spät erworbenen mütterlichen Schutzeinrichtung noch allein vertraten, indem sie jene tierischen Vorfahren beschützten und ernährten. In diesem Sinne käme der See – Symbolik der Mutter ein archaischerer, primitiverer Charakter zu, während die Erdsymbolik jene spätere Periode imitierte, in der der bei der See-Eintrocknung ans Land gesetzte Fisch auf die aus dem Erdinneren sickernden Feuchtigkeitsquellen als Ersatz für das verlorene Seewasser (das ihm zugleich auch die Nahrung zuführte) angewiesen war, und in einem solch günstigen Milieu gleichsam parasitisch vegetieren durfte, bis seine Umwandlung in ein Amphibium gelungen war. Wir denken hier an einen *Bedeutungswandel der Symbolik*, in dem, wie im Wortbedeutungswandel der Philologen, ein Stück Geschichte, hier sogar ein wichtiges Stück Artgeschichte enthalten ist.«[158]

Ferenczis von ihm selbst als spekulativ gekennzeichnete Überlegungen mögen in vielen Hinsichten – embryologischen, evolutionsbiologischen – sachlich überholt sein. Sie weisen aber darauf hin, daß eine Theorie psychisch bedeutsamer, phylogenetisch erworbener Archetypen keineswegs an Jungs religiöse Voraussetzungen und ihre theologischen Implikationen gebunden, sondern zunächst durchaus auf einer strikt naturwissenschaftlichen, ja darwinistischen Basis konzipierbar ist. Naheliegenden Einwänden, daß sich zwischen sprachlich vermittelten Bedeutungen und Symbolen und biologisch angelegten Bildreizen und Erinnerungsspuren keine kausale Verbindung herstellen läßt, könnte Ferenczi mit der von ihm nur genannten, nicht entfalteten Theorie eines »objektiven« Bedeutungswandels von Symbolen entgegentreten. Diese Überlegung weist in die Richtung einer naturalistischen Theorie der Symbole, deren Unhaltbarkeit derzeit noch nicht ausgemacht ist.

3. Der Beitrag des Strukturalismus

Claude Lévi-Strauss, der seinen Strukturbegriff weniger an einzelnen Dingen, sondern an den Relationen von Dingen entwickelt hat, war dabei vor allem von Überlegungen des Genfer Linguisten Ferdinand de Saussure (1857-1913) beeinflußt. Die Orientierung an Formen des Handelns und Denkens anstelle einer Perspektive auf einzelne Bildsymbole geht zwar einerseits von überzeitlichen, tiefsitzenden Ordnungsmustern aus, scheint aber andererseits keine überzeitlichen Bedeutungen dieser Ordnungsmuster anzunehmen. Die in Analogie zur Linguistik gebildete strukturale Anthropologie interpretiert das Überzeitlich-Unveränderte am Modell einer selbst bedeutungsfreien Syntax oder gar Phonetik, während die Theorie der Archetypen gleichsam von einer überzeitlichen Semantik auszugehen scheint, die sich zwar an den Rändern, nicht aber im Kern verändert. Freilich sollte daran erinnert werden, daß Jung an entscheidender Stelle festgehalten hat, der Archetypus sei ein an sich leeres, formales Element, sei nichts anderes als eine a priori gegebene Möglichkeit der Vorstellungsform. Wenn Jung den Kern des Archetypus mit der Struktur eines Kristalls vergleicht, rückt er Lévi-Strauss' Theorie zunächst bedeutungsfreier Strukturen besonders nah: Der Archetypus könne im Prinzip benannt werden und besitze einen invariablen Bedeutungskern, »der stets nur im Prinzip, nie aber konkret seine Erscheinungsweise bestimmt. Wie zum Beispiel der Mutterarchetypus jeweils empirisch erscheint, ist aus ihm nie allein abzuleiten, sondern beruht auf anderen Faktoren.«[159]

In dieser Hinsicht würden sich analytische Tiefenpsychologie und strukturale Anthropologie darin unterscheiden, daß sich jene für die *innere Struktur von Bedeutungen* und diese auf die *Beziehungen zwischen möglichen Bedeutungen* konzentriert. Für Lévi-Strauss sind die im »Unterbewußtsein« abgespeicherten Bilder, die auf eine vielfältige und offene persönliche Geschichte jedes Individuums zurückgehen, variabel und unbegrenzt, während die im »Unbewußten« angelegten Strukturen, die die Bilder des »Unterbewußtseins« verarbeiten, begrenzt und überschaubar sind. Die von Levi-Strauss vorgeschlagenen Unterscheidungen von »Unbewußt« und »Unterbewußt«, von »Synchron« und »Diachron«, von »Struktur« und »Ereignis« sind möglicherweise dazu geeignet, Jungs Theorie der Archetypen wissenschaftlich zu untermauern. Ob sich Jungs eindeutig formaler Begriff des Archetypus als relationale, unbewußte und synchrone Struktur lesen läßt, muß dabei noch offen bleiben. Tatsächlich folgt Jung in seinen methodologischen Überlegungen noch am ehesten einem strukturalistischen Konzept, in seinen sachhaltigen Untersuchungen jedoch einem semantischen Ansatz. Ob eine Interpretation der Theorie der Archetypen in der strukturalistischen Theorietradition möglich ist, wird sich letztlich daran erweisen, inwieweit es möglich ist, die *inneren* Strukturen eines Archetypus zu bestimmen. Dazu liegen bisher keine Arbeiten vor.

4. Der Beitrag der Tiefenhermeneutik

Die schwierige Frage, welcher Hermeneutik sich die Psychoanalyse bedienen soll, einer am Leitfaden der Sprache oder der bildlichen Symbole gewonnen Deutungspraxis, einer Hermeneutik der verzerrten Worte und Sprachspiele oder der überschießenden Bilder und stummen Interaktionsszenen, ist das Thema der Tiefenhermeneutik Alfred Lorenzers.[160] Dabei fällt auf, daß auch der an Wittgensteins Sprachphilosophie orientierte Lorenzer sich zu einer *nur* sprachtheoretisch gefaßten Hermeneutik des Unbewußten nicht durchringen kann, sondern – unter Berufung auf Ernst Cassirers *Philosophie der symbolischen Formen* – an der Autonomie bildhaften Erlebens festhält.

Lorenzers furiose Kritik der Bildhaftes zurückdrängenden Liturgiereform der katholischen Kirche im Gefolge des Zweiten Vatikanischen Konzils zugunsten eines stärkeren Wortgottesdienstes beruht auf einer Theorie früher Interaktionsformen zwischen Mutter und Kind, die sinnlich-organismisch und vorsprachlich sei. Darüber hinaus mache aber schon das kleine Kind Erfahrungen nicht nur mit der sozialen, sondern auch mit der dinglichen Welt, deren Gegenstände als Träger kollektiver Bedeutungen fungierten. Derlei Symbole meinen immer ganze Situationen und Szenen: »Die sichtbaren, hörbaren, tastbaren, schmeckbaren Eindrücke der sinnlich-symbolischen Interaktionsformen sind leibhaftige Szenen – das Soziale rückt uns hier näher auf den Leib.«[161]

Lorenzers Tiefenhermeneutik unterscheidet sich von Jungs Deutungslehre in aller Entschiedenheit aufgrund ihrer strikt auf individuelle, sozial eingebettete Sozialisationsschicksale ausgerichteten Theorie, die die Annahme einer vor-sozialen, eben archetypischen Bilderwelt ablehnt. Sie kommt Jungs Theorie aber in der einen Hinsicht entgegen, daß sie – jedenfalls für den Bereich der menschlichen Ontogenese – vor- und nichtsprachliche Symbole als wirksam und bedeutsam unterstellt. In seiner Polemik gegen die Liturgiereform behauptet Lorenzer, daß es gerade die mehrdeutige, nonverbale und sinnliche Praxis traditioneller religiöser Rituale sei, die einen der Phantasie offenen und sozial nicht abgeschlossenen Raum konstituiere, der einstmals Unterpfand einer kollektiven Emanzipation oder doch wenigstens eines kollektiven Widerstandes gegen kolonialisierende Zugriffe gewesen sei. Auch mit dieser Rettung von Bild und Ritual gegen Wort und Predigt steht Lorenzer Jung näher – und Freud ferner, als er wohl selbst wahrhaben möchte.

Den Beiträgen der Soziobiologie, der Theorien eines kollektiven Unbewußten in der orthodoxen Psychoanalyse, der strukturalen Anthropologie und der Tiefenhermeneutik ließ sich entnehmen, daß sozialwissenschaftliche Theorien unterschiedlichster Herkunft in vieler Hinsicht mit der analytischen Tiefenpsychologie in der Sache konvergieren, ohne dabei jemals auf Jung und sein Werk ausdrücklich Bezug genommen zu haben.

So kann die Soziobiologie plausibel machen, warum es in einem evolutionär populationsgenetischen Erklärungsmodell sinnvoll ist, von genetisch tradierten Angst- und Wunschpotentialen auszugehen, während Freuds späte Werke und die reifen Werke seines Schülers Ferenczi den Gedanken eines kollektiven Unbewußten historisch und naturgeschichtlich postuliert haben. Die strukturale Anthropologie hält an einem überhistorischen Set kombinatorischer Regeln zur Etablierung von Bedeutungen fest, während die psychoanalytische Tiefenhermeneutik Alfred Lorenzers auf die Bedeutung von im Sozialisationsprozeß erworbenen vorsprachlichen Symbolen abhebt. Anders als Jung ist die Soziobiologie streng darwinistisch, anders als Jung versuchen Freud und Ferenczi das kollektive Unbewußte historisch und naturgeschichtlich zu erklären, anders als Jung legt Lévi-Strauss den Akzent auf die universalen Regeln einer sozialen Grammatik und nicht die sozialer Bedeutungen, anders als Jung situiert

Lorenzer bildhaft vorsprachliche Symbolik nicht in einem kollektiven biologischen Erbe. Und dennoch kommen all diese divergenten Ansätze darin überein, der *Funktion eines bildhaften und kollektiven Unbewußten für die Entwicklung der Individuen und ihrer Kultur eine besondere Bedeutung zuzumessen* – eine Bedeutung, die dann zugleich für therapeutische Prozesse nutzbar gemacht werden kann. So bleibt als entscheidende Differenz zur freudianischen Tiefenpsychologie das Problem einer Hermeneutik bildhafter Symbole übrig. Können wir von einer solchen Hermeneutik wirklich sinnvoll ausgehen, wenn wir doch wissen, daß auch Bilder, um in einem sozialen Kommunikationsprozeß gedeutet zu werden, zuvor sprachlich umschrieben werden müssen? Dies ist jedenfalls die Auffassung Ulrich Oevermanns.[162] Andererseits – wenn uns ohnehin alles Bedeutende und Deutbare lediglich in den Paraphrasen und Beschreibungen der Sprechsprache zugänglich ist, worin liegt dann der eigentümliche Charakter nicht in der Sprechsprache artikulierter Symbole?

VII. Perspektiven der postjungianischen Theorie

An dieser Frage setzt jedenfalls in den USA eine sich an der Strömung des Postmodernismus und des Dekonstruktivismus orientierende Tiefen- und Kulturpsychologie an.[163] Bekanntlich hat sich der Dekonstruktivismus gegen den Logozentrismus der klassischen und rationalistischen europäischen Philosophie gerichtet, die sich auch dort noch, wo sie wie bei Freud die rationalen Grundlagen dieser Bewußtseinsform bezweifelt hat, auf die Annahme der sinnvollen Geschlossenheit und absichtlichen Produktion von Texten – bewußten und unbewußten – gestützt hat. Die Freudsche Herangehensweise einer durch rationale Verfahren geleiteten Aufdeckung eines zwar verborgenen, auch überdeterminierten, aber doch eindeutigen Sinnes hinter Träumen, Versprechern und Neurosen steht nach dieser Analyse immer noch zu stark im Bann des logozentrischen Modells. Der Abkehr von diesem Modell, das sich auf die nur sprachlich motivierte Fiktion der Eindeutigkeit von Texten stützt, kommt die auf die unaufhebbare Vieldeutigkeit von Bildern verwiesene Tiefenpsychologie Jungs entgegen. So wird C.G. Jung zum Kronzeugen der Postmoderne:

»Konsequentermaßen enthält eine wirklich eigene jungianische Hermeneutik die Entfaltung einer flexiblen, pluralistischen, vergleichenden und interdisziplinären ›Auslegung‹ – einer Auslegung, die nach interpretativen Möglichkeiten, nicht nach endgültigen Schlüssen strebt und deren festgelegte Prozeduren darüber hinaus den symbolischen Text *erweitern*, indem sie ihm einen Reichtum persönlicher und kollektiver historischer und kultureller Analogien, Korrespondenzen und Parallelen hinzufügen. Mit anderen Worten: Die jungianische Interpretation entfaltet sich als Produktion, als das Zuordnen von Bedeutungen *in Relation* zu anderen Bedeutungen, und nicht durch das *Entlarven der Bedeutung*, wie es in der Freudschen Interpretationspraxis der Fall ist. Dabei treibt die jungianische Interpretation das Entstehen von Sinn voran, und zwar so, daß sie beim Entstehen des hermeneutischen Geheimnisses mitarbeitet.«[164]

Die amplifikatorische Hermeneutik C.G. Jungs sei der aufdeckenden Hermeneutik Freuds insoweit überlegen, als sie das Wesen eines jeden hermeneutischen Prozesses offenlege, nämlich seinerseits Sinn kreativ zu produzieren. Freilich sei der Preis, den die analytische Psychologie für diese Rettung in den Postmodernismus zu entrichten hat, hoch – die Auflösung ihrer eigenen Ontologie. Die postjungianische Theorie und Praxis hat sich nämlich – so der Londoner Analytiker Andrew Samuels – von dem Korsett aus archetypischen Vierheiten und Dreiheiten, von der starren Dichotomie männlicher und weiblicher Seelenbestandteile getrennt.[165] Darüber hinaus hat sie sogar den vermeintlichen normativen Kern ihres Verfahrens, das Selbst, das allen Individuierungsprozessen unterliege, preisgegeben. Gleichwohl – so der Philosoph E.S. Casey – wird darin der postmoderne Gehalt der schon bei Jung angelegten Tiefenpsychologie erst wirklich fruchtbar. Denn erst im Abschied vom Selbst des Logozentrismus läßt sich die Einsicht aus Jungs Archetypenlehre ziehen, daß die Psyche gleichzeitig der Ort vieler Subjekte, daß die Psyche, recht betrachtet, zugleich Teil eines kollektiven Unbewußten, einer zugleich prä- und pluripersonalen Struktur sei. Es sei diese Vielheit von Perspektiven und Aspekten, die Jungs Tiefenpsychologie postuliert, die zugleich auch einen inhaltlichen, nicht nur einen auf Ähnlichkeiten beruhenden Anschluß an die französische Tradition des Strukturalismus ermögliche. Lévi-Strauss' Strukturbegriff war – so wurde oben erläutert – relational, der Pluralismus der Bedeutungen in der gemäß Jung gedeuteten Psyche erlaube es, die Beziehungen zwischen diesen Bedeutungen oder Archetypen zu untersuchen, und zwar in der gleichen wissenschaftlichen Weise, mit der etwa Lévi-Strauss auf der Basis der Linguistik Mythen untersucht habe.[166]

So gelesen, ließe sich die Kluft zwischen einer Hermeneutik der Sprache und einer Hermeneutik des Bildes schließen: Indem den Bildern der Seele und ihren Beziehungen zueinander eine der Grammatik der Sprache ähnliche Struktur unterlegt wird, bleibt das Recht des Bildes ebenso gewahrt wie das der Sprache.

Die mögliche Schließung der Lücke zwischen sprach- und bildtheoretischer Hermeneutik durch eine Integration strukturalistischer Methodologie in eine bunte Vielheit gleichberechtigt nebeneinanderstehender Seelenbestandteile wird zudem den ontologischen Archaismus und Biologismus von Jungs Lehre hinter sich lassen und sie – ohne ontologische Basis – rehistorisieren.

Ja, so läßt sich resümieren, es gibt Archetypen, aber sie sind – im Sinne des Literaturwissenschaftlers Leslie Fiedler – *weder ewig noch unsterblich, sondern an gegebenen Punkten der Geschichte erfunden, änderlich wie die Geschichte selbst und gelegentlich sogar sterblich, wenn ihr psychosozialer Gebrauch erschöpft ist.*

Die konsequente Anwendung des dekonstruktivistischen Verfahrens auf Jungs Psychologie gibt dann schließlich Raum für jenen Gott, den Jung stets ablehnte. In Anlehnung an Freud gibt Fiedler zu Protokoll:

»Aber als ein Hebräer aus den Hebräern und als ein Pharisäer aus den Pharisäern, d.h. als ein unrekonstruierter Monotheist, habe ich Schwierigkeiten, mich mit Jungs merkwürdiger Art eines polytheistischen Christentums oder, vielleicht besser gesagt, mit einem christianoiden Polytheismus abzufinden.«[167]

Dem ist nichts hinzuzufügen.

Anhang

Anmerkungen

Die genauen bibliographischen Angaben zu den C.G. Jung-Ausgaben *Gesammelte Werke* und *Grundwerk* finden sich bei den Literaturhinweisen.

1 C.G. Jung, Erinnerungen, Träume, Gedanken, Zürich/Stuttgart 1962, S. 75.
2 F.J.W. Schelling, Über das Wesen der menschlichen Freiheit, mit einem Essay von Walter Schulz, Frankfurt/M. 1975, S. 91.
3 S. Freud, Eine Schwierigkeit der Psychoanalyse, in: Gesammelte Werke, Frankfurt/M. 1972, Bd. XII, S. 12.
4 A. Schopenhauer, Die Welt als Wille und Vorstellung, Bd. II, Zürich 1977, S. 626.
5 F.J.W. Schelling, Über das Wesen der menschlichen Freiheit, a. a. O., S. 42.
6 O. Marquard, Über einige Beziehungen zwischen Ästhetik und Therapeutik in der Philosophie des neunzehnten Jahrhunderts, in: M. Frank/G. Kurz (Hg.), Materialien zu Schellings philosophischen Anfängen, Frankfurt/M. 1975, S. 341-377.
7 G.J. Carus, Psyche – Zur Entwicklungsgeschichte der menschlichen Seele, Pforzheim 1846, S. 431.
8 C.G. Jung, Erinnerungen, Träume, Gedanken, a. a. O., S. 172.
9 Ebenda, S. 204.
10 Zitiert nach: R. Lockot, Erinnern und Durcharbeiten – Zur Geschichte der Psychoanalyse und Psychotherapie im Nationalsozialismus, Frankfurt/M. 1985, S. 99.
11 C.G. Jung, »Zivilisation im Übergang«, in: Gesammelte Werke Bd. 10, S. 190 f.

12 C.G. Jung, Erinnerungen, Träume, Gedanken, a. a. O., S. 18 f.
13 Ebenda, S. 19.
14 Vgl. J.M. Masson, The assault on truth. Freud's suppression of the seduction theory, New York 1984, sowie als empirische Arbeit bahnbrechend, D.E.H. Russell, The Secret Trauma – Incest in the Lives of Girls and Women, Chicago 1986.
15 W. McGuire/W. Sauerländer (Hg.), Sigmund Freud/C.G. Jung Briefwechsel, gekürzte Ausgabe, Frankfurt/M. 1984, S. 44.
16 K.R. Eissler, Psychologische Aspekte des Briefwechsels zwischen Freud und Jung, Stuttgart 1982, S. 19.
17 Ebenda, S. 146.
18 C.G. Jung, Erinnerungen, Träume, Gedanken, a. a. O., S. 243.
19 C.G. Jung, Die träumende Welt Indiens, in: ders., Mensch und Kultur, Grundwerk Bd. 9, S. 151 ff.
20 C.G. Jung, Erinnerungen, Träume, Gedanken, a. a. O., S. 24.
21 Ebenda, S. 405 f.
22 G. Wehr, Carl Gustav Jung, Leben – Werk – Wirkung, München 1985, S. 22.
23 S. Zumstein-Preiswerk, C.G. Jungs Medium – Die Geschichte der Helly Preiswerk, München 1975, S. 74.
24 Ebenda, S. 85.
25 W. McGuire/W. Sauerländer (Hg.), Sigmund Freud/C.G. Jung Briefwechsel, a. a. O., S. 136.
26 M. Frank, Der kommende Gott – Vorlesungen über die Neue Mythologie, Frankfurt/M. 1982, S. 154.
27 Ebenda, S. 137.
28 C.G. Jung, Erinnerungen, Träume, Gedanken, a. a. O., S. 155.
29 Vgl. D. Bakan, Freud and the Jewish Mystical Tradition, Princeton, o.J.
30 S. Volkov, Soziale Ursachen des jüdischen Erfolgs in der Wissenschaft, in: dies., Jüdisches Leben und Antisemitismus im 19. und 20. Jahrhundert, München 1990, S. 146-165.
31 Zitiert nach: A. Jaffé, Parapsychologie, Individuation, Nationalsozialismus – Themen bei C.G. Jung, Zürich 1985, S. 153.

32 Zitiert nach: T. Evers, Mythos und Emanzipation, Hamburg 1987, S. 138.
33 C.G. Jung, Wandlungen und Symbole der Libido – Beiträge zur Entwicklungsgeschichte des Denkens, München 1991.
34 W. McGuire/W. Sauerländer (Hg.), Sigmund Freud/C.G. Jung Briefwechsel, a. a. O., S. 243.
35 Ebenda, S. 244.
36 Ebenda, S. 46.
37 »Miß Frank Miller, Phänomene vorübergehender Suggestion oder momentaner Autosuggestion«, in: C.G. Jung, Wandlungen und Symbole der Libido, a. a. O., S. 415-426.
38 Ebenda, S. 46.
39 Dieses Motiv hat besonders T. Evers, in: Mythos und Emanzipation, a. a. O., herausgearbeitet.
40 C.G. Jung, Wandlungen und Symbole der Libido, a. a. O., S. 66.
41 Ebenda, S. 138.
42 Ebenda, S. 146.
43 S. Freud, Drei Abhandlungen zur Sexualtheorie, in: ders., Gesammelte Werke Bd. V, Frankfurt/M. 1972, S. 32.
44 Ebenda, S. 144.
45 Ebenda.
46 A. Maidenbaum/S.A. Martin (Hg.), Lingering Shadows – Jungians, Freudians and Anti-Semitism, Boston/London 1991.
47 A. Jaffé, C.G. Jung und der Nationalsozialismus, in: dies., Parapsychologie, Individuation, Nationalsozialismus, a. a. O., S. 139-164.
48 Vgl. T. Evers, Mythos und Emanzipation, a. a. O., S. 139-153, sowie M.V. Adams/J. Sherry, Significant Words and Events, in: A. Maidenbaum/S.A. Martin (Hg.), Lingering Shadows, a. a. O., S. 384 f.
49 C.G. Jung, Erinnerungen, Träume, Gedanken, a. a. O., S. 154.
50 Vgl. M. Brumlik, Die Gnostiker – Der Traum von der Selbsterlösung des Menschen, Frankfurt/M. 1992.
51 S. Freud, Zur Geschichte der psychoanalytischen Bewegung, in: ders., Gesammelte Werke Bd. X, Frankfurt/M. 1969, S. 111.

52 S. Freud schrieb etwa 1915 J. Putnam einen Brief, in dem es über Jung heißt: »Er war mir ein sympathischer Mensch, solange er blind dahinlebte wie ich. Dann kam bei ihm die religiös-ethische Krisis mit höherer Sittlichkeit, Wiedergeburt und Bergson und gleichzeitig Lüge, Brutalität und antisemitische Überhebungen gegen mich.« Zitiert nach: G. Wehr, Carl Gustav Jung, a. a. O., S. 147.

53 C.G. Jung, Allgemeine Gesichtspunkte zur Psychologie des Traumes, in: ders., Grundfragen zur Praxis, Grundwerk Bd. 1, S. 149.

54 C.G. Jung, Wandlungen und Symbole der Libido, a. a. O., S. 206.

55 C.G. Jung, Allgemeine Gesichtspunkte zur Psychologie des Traumes, a. a. O., S. 138.

56 C.G. Jung, Theoretische Überlegungen zum Wesen des Psychischen, in: ders., Archetyp und Unbewußtes, Grundwerk Bd. 2, S. 31.

57 R. Otto, Das Heilige, München 1988.

58 C.G. Jung, Theoretische Überlegungen zum Wesen des Psychischen, a. a. O., S. 32.

59 C.G. Jung, Gegenwart und Zukunft, in: ders., Zivilisation im Übergang, Gesammelte Werke Bd. 10, S. 523.

60 Vgl. A. Jaffé, Parapsychologie, Individuation, Nationalsozialismus, a. a. O., S. 106.

61 Stichwort »Archetypus« in: J. Ritter u.a. (Hg.), Historisches Wörterbuch der Philosophie, Darmstadt 1971, S. 497, sowie C.G. Jung, Die Archetypen des kollektiven Unbewußtseins, in: ders., Archetyp und Unbewußtes, Grundwerk Bd. 2, S. 78 und S. 300.

62 C.G. Jung, Der Begriff des kollektiven Unbewußten, in: ders., s. Anm. 53ff. Archetyp und Unbewußtes, a. a. O., S. 115.

63 C.G. Jung, Über den Archetypus mit besonderer Berücksichtigung des Animabegriffes, in: ders., Archetyp und Unbewußtes, a. a. O., S. 145.

64 Ebenda, S. 147.

65 C.G. Jung, Theoretische Überlegungen zum Wesen des Psychischen, in: ders., Archetyp und Unbewußtes, a. a. O., S. 7-76.
66 Ebenda, S. 43.
67 Ebenda.
68 Ebenda, S. 47.
69 Ebenda, S. 51.
70 C.G. Jung, Die psychologischen Aspekte des Mutterarchetypus, in: ders., Archetyp und Unbewußtes, a. a. O., S. 148.
71 C.G. Jung, Traumsymbole des Individuationsprozesses, in: ders., Grundwerk Bd. 5, S. 23.
72 Ebenda, S. 16.
73 C.G. Jung, Vom Wesen der Träume, in: ders., Grundfragen zur Praxis, Grundwerk Bd. 1, S. 177.
74 C.G. Jung, Traumsymbole des Individuationsprozesses, a. a. O., S. 23.
75 C.G. Jung, Vom Wesen der Träume, a. a. O., S. 173.
76 C.G. Jung, Traumsymbole des Individuationsprozesses, a. a. O., S. 33.
77 Siehe dazu: J. Carlin, L. Fiedler, H. Schechter, Popular Culture Symposium, in: K. Barnaby/P. D'Acierno (Hg.), C.G. Jung and the Humanities – Towards a Hermeneutics of Culture, Princeton 1990.
78 C.G. Jung, Über die Entwicklung der Persönlichkeit, in: ders., Gesammelte Werke Bd. 17, S. 224.
79 C.G. Jung, Über die Archetypen des kollektiven Unbewußten, in: ders., Archetyp und Unbewußtes, Grundwerk Bd. 2, S. 100.
80 C.G. Jung, Psychologie und Religion, in: ders., Menschenbild und Gottesbild, Grundwerk Bd. 4, S. 36.
81 Ebenda, S. 37.
82 C.G. Jung, Über den Archetypus mit besonderer Berücksichtigung des Animabegriffes, a. a. O., S. 142.
83 Vgl. G. Weiler, Der enteignete Mythos – Eine notwendige Revision der Archetypenlehre C.G. Jungs und Erich Neumanns, München 1985.

84 C.G. Jung, Zwei Schriften über Analytische Psychologie, in: ders., Zwei Schriften über Analytische Psychologie, Gesammelte Werke Bd. 7, S. 32.
85 C.G. Jung, Psychologische Typen, in: ders., Gesammelte Werke Bd. 6, S. 513.
86 C.G. Jung, Zur Psychologie des Kindarchetypus, in: ders., Archetyp und Unbewußtes, a. a. O., S. 192.
87 Th. Belmonte, The Trickster and the Sacred Clown – Revealing the Logic of the Unspeakable, in: K. Barnaby/P. D'Acierno (Hg.), C.G. Jung and the Humanities, Princeton 1990, S. 45-66; S. Diamond, Jung contra Freud: What it Means To Be Funny, ebenda, S. 67-75.
88 C.G. Jung, Zur Psychologie des Kindarchetypus, in: ders., Archetyp und Unbewußtes, a. a. O., S. 201.
89 Ebenda, S. 202.
90 Ebenda, S. 202 f.
91 Ebenda.
92 C.G. Jung, Die psychologischen Aspekte des Mutterarchetypus, in: ders., Archetyp und Unbewußtes, a. a. O., S. 149.
93 C.G. Jung, Erinnerungen, Träume, Gedanken, a. a. O., S. 24, wo Jung davon berichtet, wie nachts aus dem Zimmer seiner Mutter beängstigende Einflüsse kämen.
94 C.G. Jung, Die psychologischen Aspekte des Mutterarchetypus, in: ders., Archetyp und Unbewußtes, Grundwerk Bd. 2, S. 164.
95 A. Jaffé, Parapsychologie, Individuation, Nationalsozialismus, a. a. O., S. 104.
96 C.G. Jung, Zur Psychologie östlicher und westlicher Religionen, Gesammelte Werke Bd. 11, S. 661 f.
97 A. Jaffé, Parapsychologie, Individuation, Nationalsozialismus, a. a. O., S. 107.
98 Ebenda, S. 106.
99 C.G. Jung, Einleitung in die religionspsychologische Problematik der Alchemie, in: ders., Traumsymbole des Individuationsprozesses, Grundwerk Bd. 5, S. 25.
100 C.G. Jung, Antwort auf Hiob, in: ders., Menschenbild und Gottesbild, Grundwerk Bd. 4, S. 201 f.

101 C.G. Jung, Erlösungsvorstellungen in der Alchemie, in: ders., Grundwerk Bd. 6, S. 238.
102 C.G. Jung, Grundsätzliches zur praktischen Psychotherapie, in: ders., Grundfragen zur Praxis, Grundwerk Bd. 1, S. 15 f.
103 C.G. Jung, Die Psychologie der Übertragung, in: ders., Praxis der Psychotherapie, Gesammelte Werke Bd. 16, S. 261.
104 C.G. Jung, Erlösungsvorstellungen in der Alchemie, in: ders., Grundwerk Bd. 6, S. 12 f.
105 C.G. Jung, Praxis der Psychotherapie, Gesammelte Werke Bd. 16, S. 194.
106 Ebenda, S. 200.
107 Ebenda, S. 281.
108 Ebenda, S. 284.
109 Ebenda, S. 290.
110 Ebenda, S. 341.
111 Ebenda, S. 147.
112 Ebenda, S. 93.
113 H. Hark, Religiöse Neurosen, Stuttgart 1984, S. 257 f.
114 H. Dieckmann, Methoden der analytischen Psychologie – Eine Einführung, Olten 1979, S. 274-280.
115 C.G. Jung, Praxis der Psychotherapie, Gesammelte Werke Bd. 16, S. 94.
116 C.G. Jung, Praxis der Psychotherapie, Gesammelte Werke Bd. 16, S. 85.
117 F.D. Schleiermacher, Über die Religion – Reden an die Gebildeten unter ihren Verächtern, Hamburg 1958, S. 30; ders., Der christliche Glaube, Berlin 1984, S. 31.
118 S. Freud. Das Unbehagen in der Kultur, in: ders., Gesammelte Werke Bd. XIV, Frankfurt/M., S. 430 f.
119 C.G. Jung, Antwort auf Hiob, in: ders., Menschenbild und Gottesbild, Grundwerk Bd. 4, S. 206.
120 Ebenda, S. 207.
121 Ebenda, S. 213.
122 Ebenda, S. 214.
123 Ebenda, S. 225.
124 Ebenda, S. 247.
125 Vgl. M. Brumlik, Der Anti-Alt, Frankfurt/M. 1991.

126 C.G. Jung, Antwort auf Hiob, in: ders., Menschenbild und Gottesbild, Grundwerk Bd. 4, S. 259.
127 Ebenda, S. 289.
128 G. Wehr, Meister Eckhart, Reinbek 1989, S. 80 f.
129 C.G. Jung, Antwort auf Hiob, in: ders., Menschenbild und Gottesbild, Grundwerk Bd. 4, S. 294.
130 Ebenda, S. 295.
131 Ebenda, S. 298.
132 Ebenda, S. 302.
133 Ebenda, S. 302.
134 C.G. Jung, »Wotan«, in: ders., Zivilisation im Übergang, Gesammelte Werke, Bd. 10, S. 210.
135 Vgl. R. Lockot, Erinnern und Durcharbeiten, a. a. O., S. 109.
136 Ebenda, S. 109 f.
137 G. Wehr, Carl Gustav Jung, a. a. O., S. 364-369.
138 C. Lévi-Strauss, Strukturale Anthropologie, Frankfurt/M. 1967.
139 U. Oevermann, Kontroversen über sinnverstehende Soziologie. Einige wiederkehrende Probleme und Mißverständnisse in der Rezeption der »objektiven Hermeneutik«, in: S. Aufenanger/M. Lenssen (Hg.), Handlung und Sinnstruktur, München 1986, S. 19-83.
140 F. Capra, Das Tao der Physik, Bern 1985.
141 C.F. von Weizsäcker, Gottesfrage und Naturwissenschaften, in: ders., Deutlichkeit, München 1978, S. 155-183.
142 A. Jaffé, Parapsychologie, Individuation, Nationalsozialismus, a. a. O., S. 109.
143 P. Feyerabend, Wider den Methodenzwang, Frankfurt/M. 1975, S. 145 f.
144 R. Plomin, Development, Genetics and Psychology, Hillsdale 1986.
145 C.J. Lumsden/E.O. Wilson, Das Feuer des Prometheus – Wie das menschliche Denken entstand, München 1984, S. 107.
146 P.D. MacLean, Die drei Dimensionen der Entwicklung des Gehirns und des Rechts, in: M. Gruter/M. Rehbinder (Hg.), Der Beitrag der Biologie zu Fragen von Recht und Ethik, Berlin 1983, S. 111-128.

147 D. Fehling, Phallische Demonstration, in: A.K. Siems (Hg.), Sexualität und Erotik in der Antike, Darmstadt 1988, S. 282-323; G. Devereux, Baubo. Die mythische Vulva, Frankfurt/M. 1981.
148 M. Josuttis, Der Weg ins Leben – Eine Einführung in den Gottesdienst auf verhaltenswissenschaftlicher Grundlage, München, 1991.
149 C. Ginzburg, Hexensabbat, Berlin 1990.
150 P. Vidal-Naquet, Das Rohe, das griechische Kind und das Gekochte, in: ders., Der schwarze Jäger, Frankfurt/M. 1989, S. 123-149; W. Burkert, Homo necans, Berlin/New York 1972.
151 M. Eliade, Ewige Bilder und Sinnbilder, Frankfurt/M., 1986; ders., Die Religionen und das Heilige, Frankfurt/M. 1986.
152 B. Lang, Kleine Soziologie religiöser Rituale, in: H. Zinser (Hg.), Religionswissenschaft – Eine Einführung, Berlin 1988, S. 73-95.
153 S. Freud, Der Mann Moses und die monotheistische Religion, in: ders., Gesammelte Werke Bd. XVI, Frankfurt/M. 1968, S. 231 und S. 246.
154 Ebenda, S. 238 f.
155 Das von Freud im engeren Sinn hier gestellte Problem hat Gunnar Heinsohn in einer Fülle von Arbeiten zu lösen versucht, vgl. G. Heinsohn, Monotheismus und Antisemitismus – auf immer unerklärbar? in: R. Erb/M. Schmidt (Hg.), Antisemitismus und jüdische Geschichte, Berlin 1987, S. 409-447.
156 S. Ferenczi, Versuch einer Genitaltheorie, in: ders., Schriften zur Psychoanalyse Bd. II, Frankfurt/M. 1982, S. 357 f.
157 Ebenda.
158 Ebenda, S. 359.
159 C.G. Jung, Die Archetypen und das Kollektive Unbewußte, Gesammelte Werke Bd. 9/1, S. 155.
160 A. Lorenzer, Die Wahrheit der psychoanalytischen Erkenntnis, Frankfurt/M. 1976; ders., Das Konzil der Buchhalter, Frankfurt/M. 1981.
161 A. Lorenzer, Das Konzil der Buchhalter, a. a. O., S. 162.
162 U. Oevermann, Kontroversen über sinnverstehende Soziologie, a. a. O., S. 47.

163 K. Barnaby/P. D'Acierno (Hg.), C.G. Jung and the Humanities, a. a. O.

164 K. Barnaby/P. D'Acierno, Preface, in: dies., C.G. Jung and the Humanities, a. a. O., S. XVII. »Consequently, a properly Jungian hermeneutics involves the deployment of a flexible (pluralistic), comparative, and interdisciplinary ›exegesis‹ that seeks out interpretative possibilities – not conclusions – and whose canonic procedures *amplify* the symbol-text by adding to it a wealth of personal and collective, historical and cultural analogies, correspondences, and parallels. In other words, the Jungian interpretation unfolds as a production – a positing of meanings *in relation* to and not uncovering *the meaning*, as in the Freudian operation – thereby advancing the genesis of meaning, collaborating in the genesis of the hermeneutic secret.« Übersetzung M. Brumlik.

165 A. Samuels, Beyond the Feminine Principle, in: K. Barnaby/P. D'Acierno (Hg.), C.G. Jung and the Humanities, a. a. O., S. 295 f.

166 E.S. Casey, Jung and the Postmodern Condition, in: K. Barnaby/P. D'Acierno (Hg.), C.G. Jung and the Humanities, a. a. O., S. 322 f.

167 J. Carlin/L. Fiedler/H. Schechter, Popular Culture Symposium, in: K. Barnaby/P. D'Acierno (Hg.), C.G. Jung and the Humanities, a. a. O., S. 77. »[...] but of a Hebrew of Hebrews and a Pharisee of the Pharisees, which is to say an unreconstructed monotheist, I have trouble coming to terms with Jungs's strange brand of polytheistic Christianity or, better perhaps, Christianoid polytheism.« Übersetzung M. Brumlik.

Literaturhinweise

1. Werke C.G. Jungs

a. Gesammelte Werke Bde 1-19, Olten/Freiburg 1960-1983.

1	Psychiatrische Studien
2	Experimentelle Untersuchungen
3	Psychogenese der Geisteskrankheiten
4	Freud und die Psychoanalyse
5	Symbole der Wandlung
6	Psychologische Typen
7	Zwei Schriften über Analytische Psychologie
8	Die Dynamik des Unbewußten
9/I	Die Archetypen und das Kollektive Unbewußte
9/II	Aion. Beiträge zur Symbolik des Selbst
10	Zivilisation im Übergang
11	Zur Psychologie östlicher und westlicher Religion
12	Psychologie und Alchemie
13	Studien über alchemistische Vorstellungen
14/I u. II	Mysterium Coniunctionis
14/III	»Aurora Consurgens«.
15	Über das Phänomen des Geistes in Kunst und Wissenschaft
16	Praxis der Psychotherapie
17	Über die Entwicklung der Persönlichkeit
18/I u. II	Das symbolische Leben
19	Bibliographie

b. Grundwerk Bde 1-9, hrsg. in neun Bänden von H. Barz, U. Baumgardt, R. Blomeyer, H. Dieckmann, H. Remmler, Th. Seifert, Olten/Freiburg 1984.
1 Grundfragen zur Praxis
2 Archetyp und Unbewußtes
3 Persönlichkeit und Übertragung
4 Menschenbild und Gottesbild
5 Traumsymbole des Individuationsprozesses
6 Erlösungsvorstellungen in der Alchemie
7 Symbol und Libido
8 Heros und Mutterarchetyp
9 Mensch und Kultur

2. Autobiographisches

C.G. Jung, Erinnerungen, Träume, Gedanken, aufgezeichnet und herausgegeben von A. Jaffé, Zürich/Stuttgart 1962.

Meetings with Jung, Conversations recorded during the years 1946- 1961 von E.A. Bennett, Zürich 1985.

C.G. Jung im Gespräch. Reden, Interviews, Begegnungen, hrsg. von R. Hinshaw und L. Fischli, Zürich 1986.

Sigmund Freud/C.G. Jung, Briefwechsel, hrsg. von W. McGuire und W. Sauerländer, Frankfurt/M. 1974.

C.G. Jung, Briefe in drei Bänden, hrsg. von A. Jaffé in Zusammenarbeit mit G. Adler, Olten 1972.

3. Ausgewählte Sekundärliteratur

Barnaby, K./D'Acierno, P. (Hg.), C. G. Jung and the Humanities – Towards a Hermeneutics of Culture, Princeton 1990. Dieser amerikanische Sammelband enthält Beiträge, die u.a. versuchen, Jungs Theorie bildhafter Archetypen in eine postmoderne Hermeneutik einzutragen. Nach dem dekonstruktivistischen Zweifel an der Genauigkeit schriftlicher und mündlicher Überlieferungen scheint die an den Rändern offene Hermeneutik nur bedingt versprachlichbarer Bilder ein angemessenes Verfahren zu sein, um etwa die Architektur Frank Lloyd Wrights zu erläutern, die Malerei des abstrakten Expressionismus anders zu sehen, eine neue Theorie des Weiblichen oder eine der Postmoderne angemessene Theorie des Unbewußten aufzustellen.

Brumlik, M., Die Angst vor dem Vater, Judenfeindliche Tendenzen im Umkreis neuer sozialer Bewegungen, in: A. Silbermann/J. H. Schoeps (Hg.), Antisemitismus nach dem Holocaust, Köln 1986, S. 133-162.

Brumlik, M., Der Anti-Alt, Frankfurt/M. 1991. In beiden Beiträgen wird gezeigt, in welchem Ausmaß eine nur oberflächliche Rezeption von Jungs Werk, die sich diesem Autor unkritisch nähert, bruchlos in unreflektierte Judenfeindschaft umschlägt.

Claessens, D., Instinkt, Psyche, Geltung – Zur Legitimation menschlichen Verhaltens, Opladen 1970. Die schon klassische Abhandlung des Berliner Soziologen zeigt, wie man den biologischen Voraussetzungen menschlichen Handelns und damit menschlicher Institutionenbildung sozialwissenschaftlich Rechnung tragen kann, ohne dabei einem biologistischen Reduktionismus zu verfallen.

Carotenuto, A. (Hg.), Tagebuch einer heimlichen Symmetrie. Sabina Spielrein zwischen Jung und Freud, Freiburg 1986. Die erst spät für die Jung Forschung zugänglich gemachten Tagebuchseiten der Jung-Patientin und Analytikerin Sabina Spielrein werfen ein neues Licht auf die komplizierten psychodynamischen Abhängigkeiten von Freud und Jung und zeigen beispielhaft, wie das psychotherapeutische Geschehen selbst als strategische Inszenierung verfehlt werden kann. Diese Tagebuchseiten bestätigen darüber hinaus einmal mehr die feministische Vermutung, wonach hinter dem Werk berühmter Männer die stets verschwiegene Arbeit einer hochbegabten, willentlich vergessenen Frau steht.

Dieckmann, H., Methoden der analytischen Psychologie – Eine Einführung, Olten 1979. Zuverlässige Einführung in die technischen Aspekte von Psychotherapien, die auf der »komplexen« oder »analytischen« Tiefenpsychologie C. G. Jungs basieren. Dieckmann macht dabei deutlich, daß das Freudsche

Zensurmodell im psychotherapeutischen Geschehen auch in der »komplexen« Psychologie von zentraler Bedeutung ist und daß demgegenüber die unterschiedlichen metapsychologischen Differenzen zwischen Freud und Jung vernachlässigbar werden.

Eissler, K. R., Psychologische Aspekte des Briefwechsels zwischen Freud und Jung, Stuttgart 1982. Sehr dichte, aber ausgesprochen parteiliche und wenig distanzierte, vom orthodox freudianischen Standpunkt aus vorgetragene Interpretation des Verhältnisses von Freud und Jung.

Ellenberger, H., Die Entdeckung des Unbewußten, Bern 1973. Ellenbergers »Entdeckung« ist die schon klassische wissenschaftsgeschichtliche Darstellung des Entstehens der Tiefenpsychologie. Im Unterschied zu den meisten entsprechenden Darstellungen sieht sich Ellenberger keiner einzelnen Schule verpflichtet, was seiner Darstellung ein hohes Maß an Objektivität garantiert. Im Unterschied zu Freud und seiner Schule legt Ellenberger starken Wert auf die romantische Tradition der Tiefenpsychologie. Als historische Hintergrundinformation liegt derzeit keine weitergehende Arbeit vor.

Erdheim, M., Die kollektive Produktion von Unbewußtem, Frankfurt/M. 1982. In dieser grundlagentheoretischen Arbeit unternimmt der an Freud orientierte Ethnopsychoanalytiker den Versuch, die Formung des individuellen Unbewußten als Produkt gesellschaftlicher Verdrängungs- und Zensurzusammenhänge zu erklären. Obwohl Erdheim mit dieser soziologischen Sichtweise den biologischen Annahmen der jungianischen Archetypentheorie diametral gegenübersteht, ist doch aufschlußreich zu sehen, daß auch die eher orthodoxe Psychoanalyse ohne einen Begriff des kollektiven Unbewußten nicht auskommt.

Evers, T., Mythos und Emanzipation. Eine kritische Annäherung an C. G. Jung, Hamburg 1987. Ein unkonventioneller und anregender Versuch, das von der kritischen Linken abgelehnte Werk Jungs unter Berufung auf ähnliche Motive im Werk Ernst Blochs für eine emanzipatorische Theorie psychischer Entwicklung fruchtbar zu machen. Im Unterschied zu den meisten Publikationen zu Jung geht Evers diesen Weg, ohne

Jungs Begrüßen des Nationalsozialismus und seine antisemitischen Neigungen zu verharmlosen oder gar zu vertuschen.
Ferenczi, S., Versuch einer Genitaltheorie, in: ders., Schriften zur Psychoanalyse II, Frankfurt/M. 1972, S. 317-400. An Ferenczis *Genitaltheorie* aus dem Jahre 1924 wird deutlich, daß eine phylogenetisch biologisch angelegte Theorie des kollektiven Unbewußten auch und gerade auf freudianischer Grundlage mit ebenso starken Geltungsansprüchen entwikkelt werden kann wie Jungs komplexe Psychologie. Freilich basiert diese Theorie auf dem Primat einer evolutionär gedeuteten Sexualität.
Jaffé, A., Parapsychologie, Individuation, Nationalsozialismus – Themen bei C.G. Jung, Zürich 1985. In dieser Aufsatzsammlung versucht eine prominente Schülerin C.G. Jungs, jene Themen aufzugreifen, die Jungs Werk weitgehend in Verruf gebracht haben – sei es politisch, sei es wissenschaftlich. Die durchweg apologetisch gehaltene Darstellung bleibt jedoch stets redlich und versucht an keiner Stelle, über tatsächlich bestehende Unklarheiten, Verständnisschwierigkeiten und politisch Anstößiges hinwegzugehen.
Lévi-Strauss, C., Strukturale Anthropologie, Frankfurt/M. 1971. In diesem Klassiker der modernen Anthropologie und Ethnologie demonstriert der Autor, wie eine streng wissenschaftliche, beinahe mit mathematischer Strenge operierende Sozialwissenschaft zur Annahme geschichts- und kulturübergreifender sozialer Ordnungsstrukturen gelangen kann.
Lockot, R., Erinnern und Durcharbeiten – Zur Geschichte der Psychoanalyse und Psychotherapie im Nationalsozialismus, Frankfurt/M. 1985. Diese umfassende und gründlich dokumentierte Untersuchung zur Geschichte aller psychotherapeutischen Schulen im nationalsozialistischen Deutschland ist nicht nur das deutschsprachige Standardwerk zum Thema, sondern besticht zudem durch seine nüchterne, niemals moralisierende, aber stets moralisch sensible Auseinandersetzung mit dem Verhalten vor allem jener Psychoanalytiker, die – anders als ihre jüdischen Kollegen – nicht in die Emigration getrieben wurden. Jungs antisemitische Äußerungen werden

in ihrem zeitgenössischen Kontext sichtbar, ohne daß dieser Kontext das Erschrecken über seine Ausfälle mindert.

Lumsden, C.J./Wilson, E.O., Das Feuer des Prometheus, München 1984. Zusammenfassender Überblick über den umstrittenen Ansatz der Soziobiologie, in dem die Frage nach dem Entstehen und der Weitergabe von Gesetzen geistiger Entwicklung eine zentrale Rolle spielt.

Maidenbaum A./Martin, S.A. (Hg.),Lingering Shadows – Jungians, Freudians, and Anti-Semitism, Boston/London 1991. In diesem neuen Sammelband wird die kontroverse Debatte um Jungs Antisemitismus fair und unter Hinzuziehung umfangreichen historischen Materials abschließend geführt. Apologeten und Kritiker, jüdische Tiefenpsychologen der jungianischen Schule und nichtjüdische Kritiker Jungs kommen gleichermaßen zu Wort, zeitgeschichtliche Umstände, biographische Details und theoretische Grundsatzfragen werden gründlich erörtert.

Marquard, O., Transzendentaler Idealismus, Romantische Naturphilosophie, Psychoanalyse, Köln 1987. Marquards keineswegs einfach zu lesende, philosophische Fachkenntnisse voraussetzende Arbeit ist die bisher unüberholte geistesgeschichtlich-systematische Klärung der Genese der Tiefenpsychologie, zumal der Freuds, aus dem Geist und den Problemen der idealistischen Philosophie. Als philosophische, erklärtermaßen nicht psychologische Untersuchung ist diese Arbeit für all diejenigen unerläßlich, die sich mit den systematischen Grundlagen der Psychoanalyse auseinandersetzen wollen.

Rittmeister, J.F., Voraussetzungen und Konsequenzen der Jungschen Archetypenlehre, in: H.M. Lohmann (Hg.), Psychoanalyse und Nationalsozialismus – Beiträge zur Bearbeitung eines unbewältigten Traumas, Frankfurt/M. 1984, S. 146-155. In diesem undatierten Aufsatz des 1943 von den Nazis hingerichteten Berliner Psychoanalytikers und Widerstandskämpfers wird mit luzider Schärfe Jungs romantischer Idealismus und dessen innere Verwandtschaft zur Staatsvergottung untersucht. Der Aufblähung des archetypischen Ich entspreche die Machtlosigkeit der wirklichen Individuen.

Schopenhauer, A., Die Welt als Wille und Vorstellung, I/II, Zürich 1977. Schopenhauers Opus magnum ist für jedes Verständnis von Tiefenpsychologie und Psychoanalyse schon deshalb unerläßlich, weil nirgends sonst so klar die Möglichkeiten aber auch Grenzen einer jeden Theorie des Unbewußten zutage treten. Insbesondere der § 44 über die »Metaphysik der Geschlechtsliebe« beweist, in welcher Präzision schon das 1818 (!) in seiner ersten Fassung abgeschlossene Werk Fragen, die scheinbar ganz und gar dem 20. Jahrhundert angehören, artikuliert hat.

Wehr, G., Carl Gustav Jung – Leben, Werk, Wirkung, München 1985. Die in mancher Hinsicht apologetische Biographie Wehrs ist ob ihrer ebenso theoretischen wie narrativen Ausführungen, ihrer Ausführlichkeit und Detailliebe jedenfalls im deutschsprachigen Raum derzeit nicht ersetzen.

Weiler, G., Der enteignete Mythos – Eine notwendige Revision der Archetypenlehre C.G. Jungs und Erich Neumanns, München 1985. Mit diesem Buch liegt der aufschlußreiche Versuch einer selbst im weitesten Sinne jungianisch argumentierenden Autorin vor, die analytische Psychologie im matriarchalen Denken zu begründen. Dabei gelingen der Verfasserin bei allen Einwänden gegenüber ihrem eigenen Ansatz erstaunliche Einsichten in die undurchschauten patriarchalisch-sexistischen Konnotationen des Werks von C.G. Jung und seines Schülers Erich Neumann.

Zeittafel

1875	C.G. Jung wird am 26. Juli als Sohn des reformierten Pfarrers J.P.A. Jung und seiner Gattin E. Preiswerk geboren.
1895	Studium der Medizin an der Universität Basel. Erste spiritistische Experimente mit der Cousine Helly Preiswerk.
1900	Assistent an der psychiatrischen Klinik Burghölzli bei E. Bleuler.
1902	Dissertation zum Thema *Zur Psychologie und Pathologie sogenannter okkulter Phänomene.*
1903	Hospitation an der Salpetrière in Paris bei P. Janet.
1903	Vermählung mit Emma Rauschenbach.
1905	Privatdozent an der Universität Zürich. Eintreten für die Psychoanalyse und Beginn des Briefwechsels mit Freud.
1907	Treffen mit Freud in Wien.
1909	Eröffnung einer privaten Praxis in Küsnacht; Gastvorlesungen mit Freud und Ferenczi in den USA.
1910	Jung wird Präsident der in Nürnberg gegründeten »Internationalen Psychoanalytischen Vereinigung«.
1912	*Wandlungen und Symbole der Libido*
1913	Austritt aus der Redaktion des *Internationalen Psychoanalytischen Jahrbuchs.*
1914	Rücktritt als Präsident der »Internationalen Psychoanalytischen Vereinigung«.
1916	*Die Struktur des Unbewußten*
1917/18	Militärdienst als Sanitätsarzt.
1918	Beginn der Auseinandersetzung mit der Gnosis.
1920	Reise nach Nordafrika.
1924/25	Reise zu nordamerikanischen Puebloindianern.

1925/26	Reise zu ostafrikanischen Stämmen am Mount Elgon.
1928	Beginn der Auseinandersetzung mit der Alchemie.
1931	*Seelenprobleme der Gegenwart*
1932	Verleihung des Literaturpreises der Stadt Zürich.
1933	Erste interdisziplinäre Eranos-Tagung.
1934	Präsident der neugegründeten »Internationalen Gesellschaft für ärztliche Psychotherapie« in Bad Nauheim.
1934	Jung preist im *Zentralblatt für Psychotherapie und ihre Grenzgebiete* das höhere Potential des arischen Unbewußten gegenüber dem jüdischen Unbewußten und erwägt in einem privaten Brief die Denunziation der Freudschen Theorie als »jüdisch«.
1935	Titularprofessor an der Eidgenössischen Technischen Hochschule Zürich.
1936	Festvortrag bei der 300-Jahrfeier der Universität Harvard und Ehrendoktorat.
1936	*Wotan*
1937/38	Reise nach Britisch-Indien. Ehrendoktor der Universitäten Kalkutta, Benares und Allahabad.
1938	Jung empfiehlt zur Vermeidung eines deutsch-britischen Krieges und zur Rettung der westlichen Demokratie einen Angriff auf die Sowjetunion.
1940	*Psychologie und Religion.*
1943	Ordentlicher Professor für Psychologie an der Universität Basel.
1945	Ehrendoktor der Universität Genf.
1945	Jung vertritt die These von einer deutschen Kollektivschuld und attestiert dem deutschen Volk »psychopathische Minderwertigkeit«.
1948	Gründung des C.G. Jung-Instituts in Zürich.
1951	*Aion*
1952	*Antwort auf Hiob*
1955	*Mysterium coniunctionis*
1961	C.G. Jung stirbt am 6. Juni in Küsnacht.

Micha Brumlik, geb. 1947, ist Professor für Erziehungswissenschaft in Heidelberg. Veröffentlichungen u.a.: *Der symbolische Interaktionismus und seine pädagogische Bedeutung* (1973), *Jüdisches Leben in Deutschland* (1986), *Reichspogromnacht* (1988), *Der Anti-Alt* (1991), *Weltrisiko Naher Osten* (1991), *Die Gnostiker – Der Traum von der Selbsterlösung des Menschen* (1992), *Advokatorische Ethik* (1992), mit Hauke Brunkhorst Herausgeber von *Gemeinschaft und Gerechtigkeit* (1993).